La Scala

Isabella Bossi Fedrigotti

La valigia del signor Budischowsky

Rizzoli

ISBN 88-17-87161-3

Prima edizione: febbraio 2003

La valigia del signor Budischowsky

Ai miei compagni di giochi

Otello

Finita la scuola, noi bambini dovevamo partire subito, a precipizio, per il mare, probabilmente per non perdere i buoni prezzi della bassa stagione. I genitori naturalmente restavano a casa. Nostro padre aveva da lavorare e la mamma non era interessata ai bagni né ad abbronzarsi in spiaggia: forse lo trovava troppo faticoso e caldo, forse allora non s'usava ancora. Partivamo con la nostra minuscola tata che, uno dopo l'altro, intorno ai dodici anni, avremmo superato in statura. Era piccola ma energica, capace di far viaggiare in treno quattro bambini vicini d'età, più varie borse per sé e una grande valigia comune per noi fratelli.

Pesantissima anche vuota era questa valigia,

di cuoio vecchio, indurito, pieno di macchie e di segni scuri simili a lividi; nel lessico familiare si chiamava – e ancora si chiama perché tuttora resiste – "Budischowsky", dal nome del fabbricante, un pellettiere boemo di Brno, che negli anni Venti l'aveva realizzata per nostro padre bambino e per suo fratello e sua sorella.

Dentro, in bell'ordine, i nostri pantaloni, le gonne, le camicie, le maglie, le magliette, le mutande, le calze, le scarpe, tutto ben piegato e minuziosamente sistemato secondo il sapientissimo criterio della tata; in mezzo risaltavano, in giallo, i costumi di ricambio di lana, lavorati a mano dalla magliaia del paese, che pizzicavano la pelle e con i quali era proibito andare in acqua. A volte, per non indossare nuovamente il costume bagnato, ci facevamo lo stesso il bagno, con il risultato che poi dovevamo tenerci addosso per ore le braghette appesantite dall'acqua. Un terzo costume era considerato un lusso e, come tutti i lussi, non veniva nemmeno preso in considerazione.

All'indomani della fine delle lezioni ci mettevamo, dunque, in treno con i panini e il thermos e a Bologna dovevamo cambiare. Ciascuno aveva un compito: la tata si occupava della Budischowsky, io dovevo tenere per mano la sorellina mentre i fratelli trascinavano le borse e altri fagotti minori – che misteriosamente si moltiplicavano – con l'orsacchiotto della piccola, la mia bambola preferita, le vettovaglie per il pranzo, il lavoro a maglia della tata e il libro che avrebbe letto nel caso ci fossimo addormentati tutti quanti oppure fossimo stati particolarmente buoni e zitti.

Durante il viaggio la tata ci raccontava storie, sbucciava e tagliava mele che divideva tra noi, scartava panini portati da casa cui aggiungeva qualche volta un extra, di solito dei biscotti comprati dal venditore che nella stazione di Bologna passava con il suo carretto sotto la pensilina urlando frasi incomprensibili, almeno per noi. Bassina com'era, non arrivava ad affacciarsi al finestrino, per cui si toglieva le scarpe, saliva sul sedile e strillava con voce supplichevole cercando di attirare l'attenzione dell'ambulante. «Per favore, per favore, bitte schön» reiterava ansiosa, temendo che il treno ripartisse prima che fosse riuscita a impadronirsi dei biscotti. Noi ci guardavamo intorno, per vedere la reazione degli altri viaggiatori, e un poco ci vergognavamo, ma poi eravamo contenti di quel che conquistava per noi.

Arrivavamo di sera alla pensione "Pineta" di Bellaria, sempre la stessa in tutti gli anni del nostro mare, due camere per cinque, per risparmiare; la tata con la sorellina e noi tre più grandi insieme, su brande strette, formate da una rete con i piedi di ferro che stridevano sul pavimento di marmetto. Dopo un giro sul viale illuminato del lungomare, tra bancarelle di zoccoli e salvagente, carretti di gelati e alcune giostre – paesaggio che nonostante l'abitudine continuò a restarci estraneo nella sua allegria forzata – subito a letto, già pieni di nostalgia, almeno noi piccole, per la mamma, la casa e perfino la scuola.

Naturalmente odiavo il mare, quel mare più di tutti. Per la pensione "Pineta" dove ci prendevano per tedeschi e, pensando che non capissimo l'italiano, commentavano ridacchiando la lillipuziana energica tata e i forzati risparmi, imposti dal danaro contato ricevuto da nostro padre. Risparmi in nome dei quali in spiaggia non potevamo prendere sedie sdraio né affittare il pattino o partecipare alla gita con il barcone, a meno che non ce lo offrisse la tata di tasca sua. E di quando in quando lo faceva, attingendo al suo misero stipendio per il pattino, per un bombolone, per la giostra, per un gelato e delle meravigliose morbide albicocche con cui ci consolava dell'obbligo di dormire nel pomeriggio.

Odiavo il mare anche per questa imposizione contro natura di "riposare" in pieno giorno, con il sole alto, un paio d'ore e non meno. Era detestabile soprattutto perché toccava solo a mia sorella e me, condannate, dall'età e dal fatto di essere femmine, a un trattamento diverso rispetto ai fratelli, dispensati – loro – dall'avvilente, inutile e offensiva interruzione. Passavo le due ore morte sveglia nel caldo afoso della stanza a guardare le strisce di luce che il sole, attraverso le tapparelle, dipingeva sul muro e, non possedendo un orologio, non potevo misurare il tempo che mi appariva come un blocco compatto, immenso e immobile del quale non riuscivo a prevedere la fine. Quando mi pareva che fosse trascorsa un'eternità, supplicavo con voce sommessa la tata, che giaceva silenziosa nella stanza accanto, di venirmi a liberare. A volte non rispondeva affatto, fingendo di dormire, a volte soltanto con un lungo ssssst.

Ma odiavo il mare in special modo per la spiaggia, per la sabbia bollente, per il cappello che dovevo portare, per l'olio che ogni mezz'ora mi veniva spalmato sul corpo, riducendomi come un pesce impanato, di sabbia, però. Olio inutile, visto che al più tardi il terzo giorno avevo la schiena e le spalle rosso fuoco, ustionate a forza di scavare sotto il sole buche profonde – fino all'acqua – con la paletta.

Per curarmi la tata m'infarinava di borotalco la schiena e le spalle, senza che per questo si placasse il bruciore e invariabilmente la mattina dopo mi svegliavo con le vesciche. A quel punto dovevo restare in camera un paio di giorni, fino a quando il fuoco sulle spalle non fosse spento. Unica bionda della famiglia, ero sola in questa sofferenza e, proprio in quanto minoranza, a nessuno veniva in mente di prendere provvedimenti: per esempio, abolire le due settimane a Bellaria.

Non mi piaceva il mare perché gli altri bambini nella pensione si conoscevano e giocavano insieme nel piccolo giardino, facevano il bagno insieme e insieme, verso sera, andavano fuori, mentre le loro mamme, zie, nonne, o forse tate, chiacchieravano come vecchie amiche. Noi, sebbene tornassimo tutti gli anni, non conoscevamo nessuno e la piccola tata non era amica di madri, nonne e zie, benché parlasse bene l'italiano. Naturalmente c'era qualche bambino che, come noi, tornava ad ogni giugno, ma lo guardavamo soltanto e lui guardava noi. Certo, eravamo in quattro per giocare, noi quattro fratelli, ma sapevamo a memoria già tutti i nostri giochi, i nostri scherzi, le nostre storie: tutto già visto e già sentito.

Non so perché non riuscissimo a fare amicizia con gli altri. Eravamo timidi, ma a quel tempo la maggioranza dei bambini lo era. Ci consideravamo diversi, senza essere però altezzosi: non tanto per buona educazione, che – lo sapevamo – biasima l'altezzosità, quanto perché ci sentivamo miseramente inferiori a quegli altri piccoli ospiti pieni di iniziativa, loquaci e disinvolti, misteriosamente subito amici tra loro, fin dalla prima sera. Li guardavamo pieni di invidia quando, dopo cena, si avviavano in gruppo chiassoso sul lungomare, in direzione delle giostre e del gelataio. Passeggiata che noi detestavamo proprio perché eravamo sempre soli, mentre gli altri bambini andavano in comitiva, parlavano e ridevano.

Loro probabilmente ci consideravano con commiserazione vedendoci sempre per conto nostro, loro andando e noi venendo, loro chiacchierando allegri e noi in timido silenzio, loro vestiti coloratissimi all'ultimo grido e noi da bambini buoni senza tempo né moda. Ci dividevano soprattutto le scarpe: noi femmine portavamo gli stessi sandali marroni con i buchi dei maschi, con o senza calze, anche per andare in spiaggia, mentre ai piedi delle altre bambine vedevo dei meravigliosi zoccoletti con un po' di tacco che facevano un ticchettio da donna sul marmetto della pensione; e la sera li cambiavano con delle ballerine, rosa, rosse, azzurre, di vernice lucida, che per anni invano segnalai nelle lettere a Gesù Bambino.

Qualcuno, chissà se la tata direttamente o i genitori attraverso i resoconti, ad un certo punto si accorse della nostra solitudine, del nostro isolamento. Forse la tata se ne dispiacque e se ne preoccupò, forse prese atto che non bastava raccontarci storie, leggerci libri, giocare con noi a carte e a mulino e capì che avevamo bisogno di amici della nostra età. Sta di fatto che, da un certo anno, al mare con noi vennero i nostri cugini, e da allora quelle vacanze ebbero un altro gusto.

Non solo perché, infine, al pari degli altri bambini, eravamo a nostra volta un gruppo – più forti dunque e non più, almeno secondo noi, da prendere in giro o compatire – ma anche perché i cugini, essendo ancora più bianchi e biondi di me, erano costretti a mettere il cappellino, a impiastricciarsi di olio, a stare all'ombra della tenda. E, nonostante ciò, esattamente come me, si riducevano in capo a due giorni con le spalle rosso fuoco.

Le immancabili scottature ci sembravano quasi un pedaggio dovuto al nostro perdono: perdono per i loro numerosi costumi da bagno, per le belle camicie vivaci, per gli abiti più variati e più eleganti dei nostri, di migliore tessuto e migliore fattura: più pregiati, in poche parole, comprati, evidentemente, in bei negozi, e non, come i nostri, al mercato oppure distrattamente cuciti dalla sartina di paese, che li ricavava quasi sempre dai vestiti smessi dai genitori.

In qualche album sopravvivono fotografie di noi cugini, in fila sulla sabbia, gli occhi stretti e le facce tirate in smorfie per il gran sole, i più piccoli con l'immenso salvagente alla vita, nero come una camera d'aria d'automobile, di cui ancora mi pare di sentire l'odore e anche il sapore, perché stando in acqua tenevo la bocca incollata alla gomma. È incancellabile una certa nostra aria di smarrimento, simile a quella dei bambini delle colonie, senza sorriso. Inspiegabilmente: in fondo saremmo dovuti stare allegri, contenti di essere infine un gruppo per giocare insieme. E invece abbiamo tutti lo sguardo dei timidi, di chi è sempre un po' a disagio e preferirebbe trovarsi altrove.

Chissà chi ha scattato le foto, forse il bagnino, forse nostro padre o la zia venuti in visita, a controllare che tutto andasse bene: le tate no perché le tate, la nostra e la loro, appaiono nell'immagine, una di qua e una di là.

La loro era molto più vecchia della nostra, in quanto accudiva ormai la seconda generazione, essendosi in gioventù presa cura del papà e degli zii, quand'erano bambini. Era devotissima, non passava giorno che non andasse in chiesa, in spiaggia non si metteva mai in costume ma teneva un vestito chiaro, senza maniche, lungo, da cui spuntavano i piedi bitorzoluti e pieni di calli. In tasca aveva sempre il rosario, che tirava fuori spesso, anche al mare, mentre sonnecchiava all'ombra della tenda. La tata vecchia si segnava prima di mangiare e dopo e quando passava di fianco a una cappelletta di strada o sotto un crocefisso. Mandava baci ai santi e ci chiedeva sera e mattina: «Avete già detto le orazioni? Sapete che l'angelo custode piange se non recitate le orazioni?».

Non potevano essere amiche la nostra e la loro tata. Una era italiana, anziana, cattolica, bigotta, piena di pudori e di paure (attento, non fare questo, non fare quello, non ti sporcare, se fai i capricci lo dico al papà, non bisogna di qua, non bisogna di là), figlia e nipote di poveri contadini di montagna dei quali aveva conservato la mentalità pur essendosi, negli anni, conquistata un po' di benessere.

L'altra era tedesca, molto più giovane, figlia di un ufficiale della Wehrmacht, cresciuta in una casa elegante con un attendente, una cuoca e una cameriera, poi impoverita dalla Grande guerra e costretta a lavorare per mantenersi. Protestante che non andava mai in chiesa, salutista che si lavava con acqua fredda e con la finestra aperta in tutte le stagioni, anticonformista che non si vergognava di nulla e di nulla aveva paura, tanto implacabile all'occorrenza da non retrocedere di fronte ad alcun ostacolo. Meticolosa, puntigliosa, dura ma anche amorevolissima, piena di tenerezze e di pensieri per noi quattro, gli ultimi dei moltissimi bambini che aveva curato negli anni della sua vita da povera.

Non potevano andare d'accordo le due. Si rispettavano, osservandosi a distanza. Ma non passeggiavano la sera sottobraccio lungo il gran viale verso negozi e giostre, non chiacchieravano bevendo un caffè, non facevano la maglia sedute vicine in qualche divano dell'albergo come vedevo fare a mamme, zie e nonne. Ciascuna stava per conto suo, quasi ostentatamente. Ciascuna diceva: "I miei bambini". «I miei bambini possono stare svegli una mezz'ora in più.» «I miei bambini stasera avranno il gelato.»

La nostra tata si lasciava, a volte, sfuggire qualche osservazione arguta sul conto dell'altra; mentre l'altra, dopo aver passato quelle due settimane con noi, averci regalato caramelle e raccontato storie edificanti di piccoli santi e martiri, finiva sempre per chiedere: «Ma a chi volete più bene, a lei o a me? Dite la verità...». E noi, con gli occhi bassi, stiracchiavamo le parole, cercando di non dire nulla, di distinguere, di accontentarla senza tradire nessuno, per poi scappare senza doverci pronunciare.

L'anno in cui sparì la mia bambola fu un anno glorioso per la nostra tata, una rivincita secca sulla governante dei cugini che non ebbe una storia altrettanto importante da raccontare, una volta tornata a casa. Non se ne scordò mai, la nostra tata, e tornò innumerevoli volte sull'argomento, per molto tempo ancora, anche quando già eravamo adulti, forse per il piacere che le procurava rinnovare il ricordo delle villeggiature al mare.

Avevo quell'estate, al posto della solita bambola bionda – la prima assoluta in ordine di preferenza, inviata in fabbrica per il rifacimento della parrucca sulla quale avevo esercitato troppo violentemente le mie doti di pettinatrice –, una bambola nera, un bambolotto, anzi, con la testa di lucida bachelite e le labbra rosso fuoco. Si chiamava Otello, per decisione di mio padre che me l'aveva regalato. Portava pantaloni a strisce bianche e rosse e una giacchettina degli stessi colori, con gambe e braccia snodate. Sotto il vestito, il corpo era della stessa bachelite nera e nulla naturalmente lasciava intuire che si trattasse di un maschio.

Lo portavo sempre con me, di notte nel letto e di giorno in spiaggia, in passeggiata, al mercato, alle giostre. Quando mi serviva avere le mani libere, lo infilavo dentro una borsina di tela che mi ciondolava a tracolla. Era un bambolotto all'antica anche per quei tempi perché non apriva né chiudeva gli occhi e neppure gemeva quando lo si muoveva in su e in giù. Ma mi piacevano i suoi riccioli duri e spessi modellati sulla fronte e la tata lo teneva in grande conto perché, cosa insolita, era stato il papà a regalarmelo.

Una sera, di ritorno dalla consueta passeggiata, rientrando nella stanza, in mezzo alla normalità delle nostre cose, mi accorsi dell'assenza di Otello. Invano la tata m'interrogò, non riuscii a ricordare dove potessi averlo lasciato. Minuziosamente ella passò in rassegna tutti i nostri spostamenti e gesti, concludendo che dovevo averlo abbandonato sulla bancarella dove avevamo comprato le solite albicocche. Era quasi l'ora di cena, ma lei si precipitò fuori, trascinandomi con mano di ferro stretta intorno alla mia, per ripercorrere all'indietro il cammino fatto poco prima: ritrovò tutte le bancarelle, salvo quella unica dove, secondo la sua ricostruzione, avevo dimenticato Otello.

«Vuoi vedere che hanno chiuso in fretta e furia e se ne sono andati apposta per portarselo via?», disse agitata, e dentro di me aumentò vertiginosamente la stima per il mio negretto, non più modesto e un po' antiquato bambolotto, bensì preda ambita per dei ladri. «Forse erano zingari» suggerì più che altro a se stessa, «e cercheranno di rivenderlo. Era una bella bambola, una bambola costosa.»

Naturalmente non si era data per vinta, la tata, e, con precisione tedesca, aveva interrogato, uno a uno, tutti gli ambulanti del mercato, ma nessuno aveva saputo dare notizie né del corpo del reato né del misterioso verduraio sparito precipitosamente. Poi, instancabile, era andata dai carabinieri, a denunciare il furto, non lo smarrimento. Un militare aveva preso diligentemente nota chiedendo qualche dettaglio anche a me, ma poi vidi che ridacchiava con un suo collega. Dovette accorgersene anche la tata, perché l'indomani prese la corriera e andò a denunciare il furto di Otello al commissariato di polizia di Rimini. E, se non le era importato granché delle espressioni un po' scocciate degli agenti, si era scandalizzata della loro distrazione mentre esponeva le sue teorie e i suoi sospetti.

Non successe nulla, ovviamente, benché lei telefonasse ogni giorno a polizia e carabinieri. A quel punto decise, non senza averci pensato su a lungo – poiché in un certo senso si sentiva responsabile della sparizione di Otello – di chiamare i nostri genitori, sollecitando un intervento. Invano, però, in quanto papà e mamma si limitarono a prendersela – telefonicamente – con me, per la mia incuria e disattenzione, minacciando che mai più avrei avuto una bambola nuova. E anche i fratelli, più che sulla disonestà del fruttivendolo, ebbero da dire, in maniera fastidiosamente ripetitiva, sulla mia inguaribile stupidaggine.

Qualche giorno dopo, quando la "nostra" bancarella all'improvviso ricomparve al mercato, alla tata non parve vero di affrontare, sempre con me per mano, strattonata quasi di peso ormai perché non volevo più seguirla in quelle sue spedizioni, i due ambulanti, marito e moglie, che negarono naturalmente, prima affabili e solo un po' sorpresi, poi, via via che la discussione andava avanti, spazientiti e anche villani. «Per chi ci ha presi? Rubare una bambola? E per che cosa? Perché non se ne torna al suo paese e ci lascia in pace? Non vede che dobbiamo lavorare?»

Ma ormai si era intestardita, la tata. Dieci anni in Italia non le avevano ancora tolto i pregiudizi tedeschi sugli italiani; era, anzi, come se ci fosse ripiombata dentro in pieno, dopo averli faticosamente tenuti a bada per tutto il tempo passato in casa nostra. Zingari, ladri, imbroglioni, bugiardi.

Alla pensione "Pineta" erano adesso tutti al corrente della nostra disavventura e non passava giorno senza che qualcuno ci chiedesse – eventualmente facendosi un poco beffe di noi – notizie del povero Otello. Forse non lo eravamo affatto, ma avevamo l'impressione di essere al centro dell'attenzione, vergognandocene moltissimo, almeno noi bambini. La tata, invece, eccitata e compiaciuta, s'intratteneva a lungo sul tema con chiunque avesse voglia di parlargliene: e in nome della bambola rapita chiacchierava ora con l'una ora con l'altra mamma, come se fossero state amiche, magari entrambe con il lavoro a maglia, sprofondate in un divano della pensione. Era ciò che avremmo sempre desiderato, ma così non ci piaceva.

Probabilmente fu il crescente disagio, causato da quel gran polverone, a farmi all'improvviso ricordare. Per salire sulla giostra – dopo il mercato la tata aveva concesso un giro a ciascuno – avevo sistemato Otello sul ramo di un albero, tra le foglie affinché il vento non lo facesse cadere. Il gesto di sistemare la bambola a cavalcioni di un ramo mi tornò in mente con chiarezza, un pomeriggio, mentre da sveglia aspettavo che trascorresse il lunghissimo e odiato tempo del riposo.

Appena liberata dalla prigionia pomeridiana fui frenetica, ma non dissi nulla a nessuno. Dovetti resistere, fin dopo la spiaggia, fin dopo la doccia, fin dopo che fui vestita e pettinata in attesa della cena. Scappai da sola, non vista, fuori dal giardino della pensione, mentre la tata era occupata con la sorella piccola e i fratelli, come sempre disinteressati a me. Mi precipitai di corsa al piazzale delle giostre, piena di paura in quanto all'infinito mi era stato ripetuto che non ci si poteva fidare degli estranei, di nessun estraneo, nemmeno del più gentile.

Era ancora lì, Otello, nel folto dei rami, simile a un uccello del paradiso luccicava appollaiato tra le fronde, con la braghetta a righe bianche e rosse e la piccola giacca uguale. Lo afferrai, lo tirai giù, incredula e felice: dopo quasi una settimana passata all'aria aperta era soltanto un poco stazzonato nell'abito e sporco di cacca di piccione sulla testa, ma lo pulii subito con un lembo della gonna.

Immaginai la meraviglia, l'allegria, le esclamazioni e il chiasso che mi avrebbero accolto al ritorno alla pensione e non ressi al pensiero. Avessi potuto nascondermi addosso Otello, sarei sgusciata nella mia stanza per infilarlo nella Budischowsky sistemata sotto il letto. In tal modo avrei evitato scene di accoglienza e rimandato il chiarimento. Ma ero sola lì con il mio vestititino senza maniche, nemmeno la mia borsina di tela mi ero portata. Pensai di tornare con un sacchetto, una stoffa, un pezzo di carta, una scatola per scarpe, ma la prospettiva delle spiegazioni alla tata, seppure rinviate di qualche giorno, mi tolse il coraggio. Diedi un bacio a Otello, tanti baci sulla sua testa di bachelite dura e lucida e, cautamente, lo rimisi a cavalcioni del ramo, tra le foglie dell'albero, come un grande pappagallo colorato.

Fui triste a lungo pensando al negretto seduto là solitario, abbandonato per paura e vergogna, molto più triste dei giorni in cui pensavo di averlo perso. Ma per lo meno, a chi chiedeva cosa avessi, potevo dire senza mentire: «Sono triste per Otello».

Dopo il ritorno a casa, a sorpresa, nonostante le reprimende telefoniche, mi fu presto regalato un nuovo bambolotto nero, identico al precedente, stavolta però con vestiti da donna, grazie ai quali venne dunque identificato come Otella. L'insolita rapidità con la quale fui risarcita della perdita della mia bambola non fu, probabilmente, motivata da una improvvisa ansia dei genitori di vedermi consolata e sorridente, bensì dalla descrizione eccitata del furto che la tata più volte aveva ripetuto loro dal vivo. La nuova negretta era, insomma, dedicata più a lei che a me, ed è forse per questo che non mi ci affezionai mai veramente.

La signorina Frida

Per la montagna la solita valigia da sola non bastava e ciascuno di noi veniva caricato di un piccolo zaino che doveva servire anche per le gite. Di nuovo si partiva, ma stavolta la Budischowsky non risultava preparata in modo esemplare come per il mare: i nostri vestiti, le camicie, i pantaloni, le calze e le maglie vi stavano ammonticchiati senza particolare ordine, perché era nostra madre – distratta e senza pazienza – che si occupava del bagaglio, non la tranquilla e metodica tata che in luglio se ne andava in ferie a casa sua. Ovvio, dunque, che servissero anche gli zaini. In cambio però, quando giungevamo alla meta, la zia che ci ospitava, regolarmente, ogni volta, s'inteneriva sulla vecchia valigia che da bambina aveva usato anche lei, la festeggiava, la carezzava come fosse stata un cagnolino o forse un essere umano.

Questa in montagna era la più amata tra le vacanze, attesa e mitizzata per l'intero anno: due settimane che non bastavano mai per contenere tutte le avventure possibili, desiderate, sognate, immaginate, il cui contrappunto indimenticabile e terreno erano gli odori, il sentore aspro delle porcilaie sul retro delle fattorie e il sentore caldo delle vacche che, imperturbabili, ruminavano il fieno nelle stalle.

Avremmo voluto fermarci più a lungo in quel luogo incantevole di antiche case di legno, straripanti di fiori ai balconi, di prati scoscesi verde brillante, di boschi ripidi verde scuro, di torrenti violenti tra le rocce. Ma probabilmente eravamo troppo numerosi e rumorosi per la zia che ci ospitava, la devota zia dalla voce quieta, che tuttavia non concedeva mai nulla al di là di ciò che aveva deciso: un cornetto più una fettina di pane nero a testa per colazione, dieci minuti di passeggiata all'aperto dopo cena, luce spenta alle nove e un quarto di sera, non un minuto dopo. O forse non le piaceva – anzi, di sicuro non le piaceva –

che mia cugina ed io ce ne stessimo appiccicate tutto il giorno, indivisibili, a chiacchierare fitto, a ridacchiare, magari chiuse in camera ad ascoltare certe inammissibili musiche moderne. I fratelli facevano più o meno lo stesso con i cugini, ma le pericolose, le maliziose, quelle da tenere d'occhio, eravamo noi bambine.

Può anche essere, però, che il soggiorno in montagna non superasse mai le due settimane perché i nostri genitori in realtà vi si annoiavano: la mamma perché di passeggiate nei boschi con zaino in spalla e di quotidiane messe mattutine non le importava molto, il papà perché trovava che si mangiasse male e perché gli pesavano le abitudini spartane in uso a casa della zia, l'unico bagno con acqua quasi sempre fredda, la tisana di tiglio alla sera al posto del whisky e la buonanotte all'ora delle galline.

Per noi, invece, era tutto magico e speciale. A cominciare dal cortile, umido, fresco anche in luglio, con una fontana in mezzo la cui acqua scorreva sempre, promessa di movimento, di invenzioni, di giochi, niente da spartire – a noi sembrava – con la nostra solita, immobile, monotona vita. E subito lì, il primo incantesimo che irresistibilmente ci attirava: esattamente sotto il getto d'acqua gelida era fissata, tramite due sbarre, una cassetta di ferro che si apriva sul davanti, una specie di minuscola dispensa dove l'economa zia, ritenendo superfluo l'acquisto di un frigorifero, conservava al fresco il burro – grandi pezzi irregolari di burro giallo avvolto in carta oleata – e il formaggio. E noi potevamo, con un coltello, di nascosto, tagliarne qualche fetta sottile come un'ostia, senza dover varcare la soglia – off limits – della cucina.

Il secondo incantesimo era il gabinetto a caduta libera sistemato in un baracchino di legno in fondo al giardino: bisognava sedersi su una specie di cassapanca di legno con un buco tondo in mezzo e dal fondo nero del pozzo sottostante saliva una vaga arietta che sfiorava fresca il sedere nudo. Era, questo gabinetto, cui ricorrevamo con entusiasmo, un avanzo di tempi andati, ma conservato appunto perché in casa c'era un bagno soltanto.

La terza anche se controversa attrattiva del soggiorno in montagna era il cerbero di casa, la signorina Frida, cattiva cuoca e fedele adoratrice della zia, per conto e in nome della quale, con crudele voce stanca, manteneva l'ordine e amministrava la giustizia. Per noi, che la subivamo quindici giorni soltanto, rappresentava un avversario da gabbare, una sfida continua per la nostra immaginazione maligna. E mentre, senza di noi, i cugini, pur deridendola alle spalle, grandemente la temevano e nulla osavano contro di lei, con noi prendevano coraggio, azzardavano fantasie sconvenienti sul suo conto, risposte meno docili e iniziative contrarie alle sacre regole della casa.

Era magra come un osso la signorina Frida, bianca di capelli e vecchia naturalmente, ma eterea, intangibile, senza colore e quasi trasparente. Parlava accentuando le consonanti, tutte le consonanti. Aveva mani secche e lunghe, che agitava minacciosa, piedi altrettanto lunghi e magri, calzati di pantofole che la facevano camminare silenziosa per stanze e corridoi, tanto da sorprenderci all'improvviso, quasi sempre intenti in qualche operazione illecita o che lei, comunque, disapprovava.

Soprattutto, Frida era amatissima dalla zia, che la proteggeva e l'appoggiava in ogni sua iniziativa, specialmente in quelle mirate a domare la nostra indisciplina. E Frida imitava dove poteva la zia, assieme a lei andava alle messe mattutine, inginocchiandosi accanto quasi fosse una parente stretta, affondando come lei la faccia nelle mani durante l'elevazione. Con la zia era tutta dolcezze, non arrotava le erre come con noi, non sibilava le esse, non grattava in gola le ci e le kappa. Con la zia sorrideva o perfino scherzava, di quando in quando.

Nei nostri confronti si comportava invece non diversamente da un maresciallo con la sua truppa. La mattina ci buttava giù dal letto alle sette, la sera entrava in stanza a spegnere la luce un attimo dopo le nove, sempre con qualche minuto di anticipo sul limite fissato dalla zia. «Si consuma troppa elettricità in questa casa» puntualizzava con la sua voce stanca. «Sapeste quanto costa tutta questa luce.» Prima di mangiare ci passava in rivista e, se mani o vestiti non erano puliti e in ordine come piaceva a lei, ci ricacciava indietro con disgusto. Quando poi eravamo a tavola, entrava in sala da pranzo con la scusa di informarsi "se andava tutto bene", in realtà per controllare se mangiavamo docili le minestre acquose, i risi scotti, le carni dure, le verdure insapori e la moscia frutta cotta che aveva preparato. E a chi cincischiava rimestando gli avanzi di cibo nella speranza di renderli meno visibili, si avvicinava sillabando spietata a mezza voce e fissando il colpevole con occhio acuto: «Si finisce quello che c'è nel piatto».

Ovvio, perciò, che la signorina Frida fosse il nemico preso di mira in tutti i nostri giochi, il segreto traguardo di ogni nostra gara. Vinceva, per esempio, chi più a lungo riusciva, con passo silenzioso, a seguirla come un'ombra attraverso la casa senza che se ne accorgesse. E vinceva chi meglio degli altri era capace di far sparire dal piatto gli avanzi, nascondendoli tra i fiori del centrotavola, sotto la tovaglia o addirittura in tasca, tanto da prendersi le lodi della signorina. «Bravo, hai mangiato tutto, dovrebbero imparare da te, gli altri.» E mentre lo diceva significativamente girava lo sguardo su quelli tra noi che non avevano nascosto i resti del cibo con altrettanta perizia.

Ma vinceva – alla grande – anche chi era in grado di procurarsi il maggior numero possibile di informazioni sulla vita – che ci ostinavamo a immaginare segreta – di Frida: sulla sua famiglia, sulla sua giovinezza, sui suoi amori eventualmente, sul suo corpo anche, che conoscevamo solo chiuso nella vestaglietta scura a fiori chiari con il grembiule bianco sopra.

Sapevamo quel che si metteva addosso quando si coricava, per averla qualche rara volta vista uscire dalla sua stanza a causa di un'emergenza notturna – sua o nostra – avvolta in una lunga veste di mollettone bianco; sapevamo com'erano le sue calze, che spuntavano spesse e marroncine sotto il grembiule. Ma, chissà perché, ardevamo dal desiderio di scoprire che foggia avessero le sue canottiere, le sottovesti, meglio ancora le sue mutande o i reggiseni, sempre ammesso che ne portasse, secca e piallata quale era.

Salivamo ripetutamente in soffitta, dove stava appesa ad asciugare, in audace promiscuità, la biancheria di tutti gli abitanti della casa, sperando di trovare ciò che le apparteneva. Esaminavamo con attenzione le calze, le mutande, le giarrettiere, i busti e i reggiseni che dondolavano sui fili e a lungo ci consultavamo, prendendo mentalmente le misure, per assegnare ogni pezzo al suo proprietario, ma non c'era mai nulla che sembrasse appartenere a Frida che, evidentemente, faceva un suo bucato privato e personale nascondendolo poi come una cosa vergognosa.

Fu giocoforza tentare l'impresa più pericolosa e ambita, la più proibita tra tutte: l'ispezione nella sua stanza. L'unica ora sicura era quella della messa mattutina, per cui mettemmo la sveglia e partimmo insieme, due ammessi ad entrare, gli altri fuori a sorvegliare. Ma il bello fu soltanto il batticuore. Dentro trovammo una stanza da monaca, il rosario e una Madonna sul comodino, due vestiti neri nell'armadio, una valigia chiusa sotto il letto che non avemmo il tempo di esaminare, alcuni bollettini parrocchiali, un paio di scarpe consumate sul lato interno, una pila di fazzoletti bianchi con una F ricamata in rosso, un pacco di lettere nel cassetto del tavolo che non osammo portarci via, ma che, secondo noi, dovevano contenere messaggi amorosi: perché, altrimenti, conservarle bene in ordine, legate con una cordicella?

Non trovammo né mutande né sottovesti né reggiseni, riposti forse nella valigia sotto il letto oppure appesi ad asciugare in qualche lontano stanzino segreto. Tanto per beffare noi, cacciatori rimasti a bocca asciutta: delusi, naturalmente, anche se non ce lo confessammo l'un l'altro, per non scoraggiarci. E infatti dopo di allora ripetutamente tentammo l'assalto, ogni volta meno cauti, a ogni ora del giorno, tanto che Frida dovette insospettirsi visto che all'improvviso cominciò a chiudere a chiave la porta della stanza.

Dopotutto era possibile che fosse opera sua se il soggiorno in montagna non superava mai le due settimane, perché doveva risultarle evidente la pessima influenza che avevamo sui cugini, a sentir lei educati e disciplinati durante il resto dell'anno quando noi eravamo ben lontani. Una "buona parola" sussurrata ogni tanto alla zia avrebbe avuto di sicuro l'effetto di ridurre al massimo il tempo della nostra visita.

Del resto, anche i nostri genitori non dovevano riuscirle particolarmente graditi. Un po' per via della scarsa mancia che per certo le lasciavano. Ma molto perché erano troppo diversi dalla sua amata signora, più rumorosi appunto, più viziati, più capricciosi, anche più mondani in un certo senso, come se fossero più ricchi della spartanissima zia, mentre in realtà era vero tutto il contrario.

Nonostante gli sforzi, Frida non era sul serio

capace di nascondere i suoi sentimenti nei loro confronti: quando i nostri genitori erano nei pressi, la sua faccia si faceva di limone e tornava ad accentuare le consonanti, quasi come usava con noi. Se poi le chiedevano qualcosa, un caffè, un bicchiere di grappa, un asciugamano o qualche piccolo servizio casalingo, si costringeva a un misero sorriso stentato annuendo senza una parola, probabilmente perché, se avesse aperto bocca, le sarebbe sfuggito uno sbuffare infastidito.

E noi intorno, vicini ma non troppo, a spiare la scena, senza perderne un dettaglio, a prendere le misure a persone e cose, e a desiderare più che mai di riuscire a colpire infine la nemica Frida. Anche per il modo in cui disprezzava nostro padre e nostra madre.

Ovviamente, noi eravamo i primi a criticarli aspramente quando non ci sentivano, ma non sopportavamo che qualcuno si permettesse di disistimarli in modo così evidente.

Contro di lei, tuttavia, finivamo per avere in mano praticamente niente. Per quanto eravamo riusciti ad accertare, la signorina non possedeva neppure un corpo: nonostante i controlli, non l'avevamo mai vista mangiare né bere e tantomeno andare in bagno, forse nemmeno lavarsi le mani, tutte cose che evidentemente faceva in ore e luoghi impensati.

Il solo gesto corporale che le conoscevamo era pulirsi il naso. Se lo soffiava spesso, con un suo fazzolettino bianco che teneva appallottolato nella tasca del grembiule, e il naso, sottile e appuntito, le si arrossava ogni volta.

Ma non ci potevamo accontentare di una simile inezia. Ci doveva essere un varco, una breccia attraverso la quale scoprire qualcosa di più di lei. Dovevamo tentare il tutto per tutto, qualche impresa audace, molto più audace della perquisizione nella sua stanza: rubarle le lettere, per esempio, e leggerle dalla prima all'ultima oppure ubriacarla per farla parlare o addirittura prenderla prigioniera per indurla a confessare le sue magagne.

Intanto, però, i cugini cominciavano a seguirci con meno entusiasmo perché il gioco per loro era assai meno eccitante; volevano tornare ad altri divertimenti più collaudati e più tradizionali, come i giri nel bosco, il furto del formaggio dalla piccola dispensa sulla fontana o quello dei salumi appesi nello stanzino dietro la cucina, il montare a pelo i due muli del contadino accalappiati mentre erano al pascolo e restituiti stremati e bianchi di sudore per averli fatti galoppare a perdifiato con due cavalieri in groppa per ciascuno.

Per distoglierci dalla nostra fissazione, per dissolvere l'enigma intorno alla signorina Frida e mostrarci quanto, in fondo, ella fosse poco interessante e niente affatto misteriosa, si affannavano a dirci tutto ciò che sapevano di lei. «Ha una sorella maggiore che vive in Germania, in una casa di riposo, due volte all'anno la va a trovare.» «Ha una passione per il cane della mamma, gli parla a lungo e lo carezza tutte le sere quando gli dà da mangiare.» O ancora: «L'anno scorso, una volta, l'abbiamo vista piangere ed è anche stata in ospedale per una polmonite».

Ma erano povere cose queste, ben diverse da quelle che ci stavano a cuore, e le lasciavamo cadere con sprezzo, quasi. Noi volevamo sapere di amori e di amanti, di avventure clandestine, di gioielli rubati, di soldi nascosti, di delitti, magari, e di tradimento, non di una passione canina né di un'anziana sorella o di banali questioni di salute.

Decidemmo di puntare alto, di intercettare la sua posta.

Il postino passava a cavallo di una moto gialla, con una gran borsa di cuoio a tracolla. Tutti i giorni se c'era posta. E nei giorni in cui non compariva, serpeggiava un leggero malessere. Come se fossimo stati dimenticati dal mondo. Ovviamente per noi, che in quella casa passavamo soltanto due settimane, l'arrivo di una lettera o di una cartolina era un fatto eccezionale. E tuttavia ci sentivamo frustrati quando il mezzogiorno – l'ora in cui si cominciava a sentire in fondo al viale rumoreggiare la moto gialla – passava in silenzio. La zia al contrario, per le insondabili leggi che regolavano e ancora regolano il mondo degli adulti, era contenta quando il postino saltava un giorno. «Meno fastidi» diceva. «La posta non porta mai buone notizie, e quel che è peggio è che bisogna anche rispondere.»

Da come la signorina Frida si affrettava fuori dalla cucina, asciugandosi le mani nel grembiule, non appena in lontananza si sentiva anche solo il sospetto di un rombare di motocicletta, si sarebbe potuto sorprendentemente dedurre che, più che a quella degli adulti, appartenesse alla categoria nostra, dei bambini e dei ragazzi, perché evidentemente, come noi, senza la quotidiana visita del portalettere, si sentiva più sola al mondo.

Una volta inducemmo il cugino a chiederle se per caso aspettasse qualcosa. Una cartolina? Un espresso? O addirittura un pacchetto? «Non ti riguarda», rispose brusca. «È la mamma che è in attesa di una raccomandata», aggiunse mentendo. «Allora ti piace il postino?» osò continuare il cugino, di testa sua, stavolta. «Non ti permettere di essere impertinente con me», gli lanciò contro, pallida e glaciale, la signorina.

Noi, comunque, eravamo sempre presenti alla piccola cerimonia quotidiana, ronzando nei dintorni quando si avvicinava l'ora, e ci affrettavamo lasciando le altre nostre inutili occupazioni per non mancare all'appuntamento più importante della giornata. E non ci mettemmo molto a capire che, a meno che Frida non si fosse presa un giorno di vacanza, non saremmo mai riusciti a intercettare la sua posta. Ma vacanze lei non ne prendeva, specialmente non mentre in casa c'erano ospiti. In caso contrario non avrebbe potuto giustificare quei suoi continui sospiri, esalati all'attenzione della zia, per la mole straordinaria di lavoro che, a causa nostra, ricadeva sulle sue povere spalle.

Un giorno il postino venne due volte, a mezzogiorno e alle quattordici e trenta, quando gli adulti se ne stavano pigri da qualche parte, compresa Frida, che – lo sapevamo – a quell'ora si sdraiava sul letto in camera sua. Naturalmente gli fummo intorno curiosi mentre, con una certa solennità, apriva il borsone per trarne un telegramma. «È per la signorina. Lo posso lasciare a voi?», volle sapere prima di consegnarcelo. «Ma certo, stia tranquillo», assicurammo in coro, trepidanti e increduli per la sorte che ci era toccata.

Ed eccola qui la misteriosa missiva piegata in quattro e incollata di fresco, tanto che probabilmente la si sarebbe potuta aprire senza difficoltà. Contemplavamo eccitati il nostro bottino dimenticando quasi di andarci a nascondere, con il rischio di farci scoprire da Frida che, di lì a poco, sarebbe ricomparsa riposata e di nuovo in forze per contrastarci attivamente.

Il rumore di una porta sbattuta al primo piano ci richiamò in terra e sparimmo di corsa seguendo la strada che, da dietro la casa, portava al bosco. Giunti in luogo sicuro, sostammo per consultarci. Aprire o non aprire? I cugini esitavano, immaginando la furia di Frida, le sue proteste presso la zia, i castighi che avrebbe preteso e, quasi certamente, ottenuto. Noi spingevamo in senso contrario, sapendo che la breve durata del nostro soggiorno non lasciava molto tempo per le punizioni.

Dopo lunghi tentennamenti – e incessante incalzare da parte nostra – ruppe il fronte la cugina. «Tanto poi lo richiudiamo, vero?», si rassicurò, e con il suo assenso le esitazioni parvero spazzate via. Contemporaneamente allungammo allora le mani, impazienti di scoprire infine i segreti della signorina: che altro poteva, infatti, racchiudere un telegramma se non una rivelazione?

Fu così che si compì il disastro. Nell'ansia di essere ciascuno il primo a leggere il fatidico messaggio, a qualcuno rimase in mano un grosso brandello di carta e agli altri il resto. Ma il panico durò appena un attimo perché subito ci tranquillizzammo dicendoci che con un po' di colla avremmo ricomposto i pezzi. Poi li unimmo per decifrare. "Sua sorella Adelaide caduta per le scale. Commozione cerebrale e frattura esposta. L'aspettiamo", scriveva la direttrice dell'istituto dove viveva l'unica parente di Frida di cui si sapesse e, nonostante le parole difficili, ne afferrammo il senso.

Cercammo di incollare e rincollare; pasticciammo febbrilmente e a lungo con attaccatutto, carta gommata e forbici per raddrizzare i bordi, finendo per rovinare definitivamente il telegramma. A quel punto lo bruciammo, per non lasciare traccia. Senza accordarci ci trasformammo d'un colpo in figlioletti docili e obbedienti, niente capricci né dispetti. Con la signorina Frida ci mostrammo particolarmente gentili, praticamente untuosi. E lei cominciò a sorriderci, perfino a scherzare con noi nella sua maniera un po' legnosa, facendoci sentire miserabili.

L'indomani, all'ora del postino sudavamo freddo tenendoci accuratamente in disparte e silenziosi. Bastava una frase del motociclista per rovinarci. Non sarebbe stato normale se avesse voluto sapere da Frida qualcosa del telegramma? Ci pareva di sentirlo mentre le diceva: «Spero di averle portato buone notizie ieri pomeriggio». Invece fummo fortunati perché per due giorni nessuno scrisse e la motocicletta non comparve; il terzo giorno era domenica. E il lunedì il bravo postino aveva evidentemente già distribuito troppi altri telegrammi per ricordarsi di quello di Frida, e noi potemmo respirare. Il martedì avevamo dimenticato ogni cosa, tornando all'usata guerra con l'antipatica signorina.

Verso la fine della settimana la moto giunse di nuovo nel pomeriggio, ma più tardi, di modo che a riceverla ci fu, fresca del solito riposino, l'immancabile Frida. Subito dopo notammo un piccolo trambusto in casa, la zia che camminava veloce e non lentamente placida con i piedi all'infuori e la pancia in avanti come al suo solito, un parlottio a bassa voce al telefono, una borsa da viaggio preparata con un impermeabile appoggiato di traverso. Prima di sera si fermò davanti al cancello un'auto e ne scese, restando in attesa, il contadino della fattoria vicina.

Infine vedemmo uscire Frida, in fretta, portando la borsa che avevamo notato in corridoio: era vestita del suo solito abito nero, ma aveva tolto il grembiule e sostituito le spesse calze marroncine con un paio nero, altrettanto spesso. In mano stringeva il fazzoletto bianco con il quale si asciugava gli occhi e la punta del suo naso era più rossa che mai.

Salì in macchina senza vederci, senza salutarci.

Per tradizione, in partenza dalla montagna, toccava a noi rifare la Budischowsky. Quell'anno risultò particolarmente disordinata, con le nostre cose gettate dentro alla rinfusa, sporche e pulite insieme, contrariamente al regolamento, e soprattutto senza carta velina tra un vestito e l'altro secondo gli schemi che nostra madre, dall'alto e da lontano, teorizzava. Facemmo fatica a chiuderla, riuscendoci solo dopo esserci saliti in piedi e aver fatto peso in corrispondenza di ciascun fermaglio. Per la prima volta avevamo voglia di partire in fretta dalla montagna.

Piccolo Lenin

Dalla montagna della zia ci si avviava direttamente alla campagna dei nonni, per la vacanza definitiva, interminabile, da metà luglio fino ai primi di settembre, eterna e immobile, dove non soltanto non passavano i giorni, ma nemmeno le ore. Almeno per noi ragazzi. Per gli adulti, al contrario, non era mai abbastanza lunga. La mamma, infatti, era felice di tornare una volta all'anno a essere figlia, di poter di nuovo abitare le sue stanze, rivedere i mobili, gli oggetti, i paesaggi e le persone tra i quali era cresciuta. E il papà, oltre a venir trattato con cento attenzioni dai nonni, che avevano perso in guerra l'unico figlio maschio, poteva infine dedicarsi tutti i santi giorni e per intere settimane alla sua passione predominante, la caccia.

Penose erano generalmente le condizioni in cui giungevano le nostre cose, stipate nella Budischowsky, dopo un viaggio di otto ore, quasi sempre al caldo, in un portabagagli pieno all'inverosimile di borse, pacchi, fagotti, bottiglie, zaini, cesti, fucili. E poiché pareti e coperchio della antica valigia non erano sufficientemente rigidi, i vestiti, oltre che stravolti dalla nostra incuria, arrivavano sconquassati da diversi altri bagagli che su di essa avevano premuto per tutta la durata del trasferimento. Ma capitava anche che una bottiglia, di vino o di olio, si rompesse o si aprisse perdendo del liquido che inevitabilmente s'infiltrava nella Budischowsky, inumidendo le nostre cose e lasciando sul cuoio nuove e irregolari macchie scure.

Poiché fermarci durante il viaggio a mangiare tutti insieme in un ristorante sarebbe stato troppo dispendioso, ci portavamo il picnic, sempre lo stesso, brodo, riso bianco, cotolette, crostata, frutta e caffè, che consumavamo seduti su una coperta in qualche prato un po' discosto dalla strada. A perdere liquido addosso alla nostra valigia poteva perciò essere anche il thermos del brodo o quello del caffè.

Sapevamo l'origine e la storia di gran parte delle chiazze che marcavano la Budischowsky, almeno di quelle dei tempi nostri. Questo è l'olio dell'anno in cui fummo tamponati. Questo è il brodo di quando avvitammo male il coperchio e l'odore caldo del pollo ci accompagnò per tutto il viaggio nell'auto infuocata dal sole di luglio.

I primi giorni dai nonni erano naturalmente colmi di eccitazione. Ritrovavamo con soddisfazione le stesse stanze, gli stessi libri, gli stessi giochi, il volano, il ping pong, il non t'arrabbiare, nonché il tavolino, le seggioline e il lettino di paglia di Vienna per le mie bambole, preziose copie in miniatura dei mobili Biedermeyer dei nonni, che ogni anno mi accoglievano disposti in bell'ordine, anche quando da un pezzo avevo smesso di giocare con le bambole. Non c'era mai nulla di nuovo, e tuttavia sembrava tutto nuovo, da rivisitare, da ricontrollare, da riscoprire in un certo senso.

Quella piacevole sensazione durava qualche tempo, il tempo di passare in rassegna la soffitta, la stalla, il ripostiglio della legna, la cantina, la dispensa, il laboratorio dove il nonno martellava, avvitava e segava; il tempo di girare intorno alla casa, nel giardino e nei campi, di esplorare l'orto, controllare – e assaggiare – le fragole, i lamponi, i ribes, le ciliegie, l'uva spina e, più tardi, le prugne e le chiare piccole mele di fine agosto.

Si ammosciava poi l'eccitazione – come pallone sgonfiato – non appena iniziava la routine dei giorni tutti uguali, scanditi dal vuoto mattutino – il più breve e meno pesante –, dal lungo vuoto pomeridiano, artificialmente e fastidiosamente riempito da un'ora almeno di compiti per le vacanze, e dal melanconico vuoto serale sopportabile soltanto perché declinava un po' alla volta nella notte.

Ferme erano le ore e gli orologi, noi ragazzi senza iniziative e senza risorse. Conclusa la partita di ping pong, smarrite nel prato anche le ultime palline del volano, esaurito l'estro del nascondino (in quattro), del guardia e ladri (sempre in quattro), del rincorrersi, del farsi dispetti sanguinosi, rimanevano le biciclette, ma erano e restarono sempre due, una grande e una piccola, per noi che eravamo, appunto, in quattro.

Per qualche ora, forse qualche giorno, ci consolavano le castagne che intorno alla metà di agosto cominciavano a cadere dagli ippocastani, ancora bianche e tenere o appena maculate dentro i ricci verdi che aprivamo a forza. Con l'aiuto di stuzzicadenti ne facevamo animali, vaccherelle, lepri o topi, oppure collane e bracciali, le usavamo come bilie, come proiettili per la fionda o anche solo per metterle in lunga fila, in ordine di grandezza o di colore. Per due giorni, massimo tre, ci riempivano le ore. Ma quel piccolo diversivo non sopravvisse, ovviamente, alla nostra adolescenza.

Qualche volta ci consolavano anche i funghi, che dopo la pioggia spuntavano nei prati; e grande era la soddisfazione per chi riusciva a trovarne più degli altri. Animati dai nonni, ci avviavamo di quando in quando pieni di buona volontà per qualche spedizione, con cesti e scodelle, ma, partendo così bardati, era normale che non trovassimo nemmeno un finferlo o un solo mirtillo.

Nei giorni in cui il sole picchiava, nostro padre, più per piacere suo che per compassione della nostra noia, ci portava a fare il bagno in qualche stagno dove nuotava a lungo sotto e sopra l'acqua ferrosa e scura, incurante delle carpe che gli scivolavano accanto, mentre noi, meno interessati al nuoto vero e proprio e ancor meno ai pesci che sfioravano le gambe, sguazzavamo nel fango della riva, divorati da zanzare e tafani. E non raramente, rivestendoci tra i cespugli, ci scoprivamo attaccate addosso in più punti delle piccole, schifose sanguisughe che ci strappavamo dal corpo inorriditi. La sera poi, soprattutto a me, scottavano le spalle perché troppo tempo era passato dall'ultimo bagno di mare e la pelle era tornata pallida come d'inverno.

Dopo il breve movimento di questi intrattenimenti balneari – nostro padre trovava anche il modo di fare dei tuffi, da una pietra più alta o da un vecchio barchino e, quasi sempre inascoltato, ci esortava a imitarlo – le ore tornavano ad apparire tragicamente ferme, vuote e impossibili da riempire, anche in considerazione del fatto che non era tempo di tv, in quanto i nonni, semplicemente, non ne possedevano una.

Del resto, a meno che non piovesse, salvo che nell'ora dei pasti, era proibito a noi ragazzi rimanere in casa. Anche i compiti delle vacanze era stato stabilito che li facessimo al tavolo del giardino. Dovevamo stare all'aria aperta tutto il giorno, correre, saltare, respirare profondamente e goderci la natura, come quotidianamente ci sollecitava la nonna. E nostra madre incalzava distratta e lieta: «Basta con questi musi. Andate fuori, approfittate del bel tempo. Siete in quattro. Che ci vorrà mai? Organizzate un gioco».

Ci provavamo. Quasi ogni anno cominciavamo un erbario o una raccolta di farfalle o di gusci di uova di uccelli o di pietre in qualche modo speciali. Una volta ci lanciammo nell'intaglio della corteccia, un'altra nella fotografia: e i desolati scatti in bianco e nero di strade, campi, alberi, boschi e cieli senza che mai vi fosse inquadrata una persona né un animale restituivano con efficacia la noia immobile che pesava sull'anima.

A un certo punto della vacanza, quasi per disperazione, scoprivamo il cibo. Poiché i pasti si rivelavano l'unica interruzione eventualmente gradevole della giornata, cominciavamo a interessarci a ciò che veniva in tavola. Con profonde delusioni perché la minestra mattina e sera – spessa e farinosa quasi sempre a mezzogiorno, brodo insipido e trasparente per cena – non mancava mai. Ma ci erano riservate anche delle gioie in quanto il nonno, nemico giurato della frutta fresca, pretendeva che il pasto si concludesse con il dolce almeno una volta al giorno.

Mentre però noi c'informavamo prima per non sentirci beffati all'ultimo momento, lui si sedeva ignaro come un bambino e se al posto dell'agognato cucchiaio, promessa di un dolce, trovava apparecchiati in tavola gli antipatici forchetta e coltello da dessert, annuncio certo di tristi pere o mele, si metteva di umore cupo, deluso più di noi. Viceversa, se accanto al piatto giaceva il cucchiaio solitario e gradevolmente slanciato, lo afferrava sventolandolo come una bandierina, ammiccando a noi quattro, complici fedeli e comprensivi. Quel cucchiaio di mezza misura, senza la compagnia della puntuta forchetta, preannunciava infatti il massimo dei godimenti per il nonno – e anche per noi: un dolce di crema o cioccolato con un piacevole completamento di densa panna montata. Non una crostata secca o una torta sabbiosa e soffocante.

Per ingannare il tempo e spezzare il pomeriggio prendemmo anche l'abitudine di fare merenda. Contrariamente alla zia in montagna, i nonni permettevano che si andasse in cucina, forse perché avevano più gusto per il cibo o forse perché maggiore era la loro indulgenza nei riguardi dei ragazzi, ospiti sporadici, sconosciuti, ma non sgraditi. La prima ora consentita per i panini erano le quattro. Presentarsi in anticipo sarebbe stato indecente; ma a volte cominciavamo a gironzolare nei pressi del cibo già verso le tre e mezzo.

Era bella la cucina a quell'ora, silenziosa e linda, a nostra disposizione. Sospeso anche il ronzio delle mosche, ormai tutte quante immobilizzate sulle strisce di carta moschicida che pendevano dal soffitto, ci potevamo spalmare in pace fette di pane con marmellata e burro. Preso coraggio, a volte, imbrogliando, osavamo farci avanti anche due volte per la merenda, più per cercare, come sempre, di far passare un altro po' di tempo che per vera fame. Di mattina, invece, poiché non era permesso fare spuntini, non, almeno, in modo ufficiale, ci accontentavamo di mangiare un po' di fragole e lamponi nell'orto, occupazione che riusciva a portarsi via una mezz'ora delle nostre eterne giornate. Anche se poi, la sera, il pensiero di tutto quel cibo ingurgitato per noia, ci disgustava e ci opprimeva.

Un'estate la nonna ci annunciò che sarebbe venuto a passare qualche settimana un ragazzo di poco maggiore di noi, nipote dei guardiani. «Siate gentili con lui», si raccomandò. Il nostro umore fu restaurato in un istante e passammo giorni di ansiosa, febbrile attesa. Finalmente un diversivo, finalmente un compagno nuovo, ancora da scoprire, all'oscuro di tutto, magari perfino un amico, da ascoltare, da imitare. Gli avremmo mostrato i nostri luoghi preferiti, cantina e soffitta, appunto, ripostiglio e legnaia, che subito ci apparvero in una luce migliore, più interessante, più eccitante; come i giochi, del resto, i nostri soliti, sfruttatissimi giochi, che ci sembrarono, di punto in bianco, più degni di essere giocati. Ci mettemmo ad aspettarlo come un messia.

Mattia arrivò una sera, ma riuscimmo appena a intravederlo dalla finestra mentre s'infilava nel portoncino che conduceva all'appartamento dei guardiani. E già questa discrezione, questo suo modo ragionevole di comportarsi ci mise un po' a disagio. Comparve l'indomani: portava gli occhiali e aveva la pelle così pallida che sembrava sfumare nell'azzurro o anche nel verde. Era composto, pulito, profumato di saponetta e vestito meglio di tutti quanti noi, con pantaloni grigi ben stirati, camicia abbottonata fino in alto, scarpe allacciate e lucide, capelli ravviati e unghie impeccabili, senza traccia del nero sporco che orlava invece le nostre: un adulto, insomma, misterioso e un po' antipatico come tutti gli adulti.

Ne avemmo subito soggezione, incerti su come affrontarlo, se come uno di noi o uno di loro, uno di quelli con altri pensieri e altri regolamenti. Era anche sensato, disciplinato, obbediente: di sicuro un vero orgoglio per i suoi genitori. Se gli zii a mezzogiorno e mezzo in punto lo chiamavano per desinare, lui lasciava a metà ogni cosa, interrompeva sul più bello qualsiasi gioco, discussione o spedizione. Inutile protestare: si alzava, si rassettava, diceva «Devo andare». E lo stesso la sera, all'ora di cena, che avveniva prima della nostra, lasciandoci silenziosi, interdetti e un po' rabbiosi.

Nei giochi era molto difficile. Per la metà e

più di quelli che proponevamo aveva delle obiezioni: li considerava infantili, o stupidi, pericolosi o, anche, troppo poco puliti per i suoi gusti. E in effetti Mattia non si sporcava mai, ma alla sera si riconsegnava a casa degli zii nelle stesse condizioni perfette nelle quali ne era uscito la mattina. Di conseguenza rifiutava non solo tutti i giochi di acqua e di fango lungo i ruscelli, ma anche quelli di soffitta e di cantina, per paura della polvere e delle ragnatele. E non se ne parlava nemmeno di salire sugli alberi oppure di rubare le prugne del vicino, di una qualità non solo migliore della nostra, ma anche matura un po' più presto.

Allo stagno con papà venne una sola volta, esibendo un triste costume da bagno di maglina nera; altre volte cercammo di convincerlo, ma rifiutava sempre. «Lo zio ha detto che quell'acqua è piena di animaletti», opponeva alle nostre preghiere. E se si trattava di correre a gara si schermiva sempre, accennando con aria compunta a un suo soffio al cuore, fenomeno che non ci era del tutto chiaro, ma sul quale non osavamo chiedere spiegazioni. Salvo poi, un giorno, batterci in volata tutti quanti e confessare, con un sorriso di sufficienza, di aver vinto il premio di atletica nelle gare scolastiche.

Certe mattine Mattia non si faceva vedere affatto, standosene chiuso nella sua stanza. Preferiva riposarsi, diceva, non aveva voglia di stancarsi con i giochi. Oppure doveva studiare, tre ore al giorno come minimo, secondo lui, per mantenere anche l'anno seguente la media del dieci. Ma nemmeno durante quelle ore ci imprestava la bicicletta che aveva portato con sé in vacanza, rossa, leggera e nuovissima – con il cambio – e non nera, pesante e vecchia come quelle che usavamo noi.

Non era divertente né allegro né veramente interessato a ciò che gli raccontavamo. Era saccente, piuttosto, e, in fondo, un po' sprezzante nei nostri confronti per quanto, in teoria, noi fossimo i nipoti dei signori e lui solo il nipote dei guardiani. Non ci potevamo credere ma sentivamo che ci guardava dall'alto in basso. Noi stupidi fannulloni senza impegno né disciplina, disordinati e sporchi, per ore e ore solo in cerca di qualcosa che facesse passare il tempo.

Gli piaceva più di tutto ammaestrarci. Questo fa male e questo fa bene. Questo è sbagliato e questo è giusto. Le sue teorie – tutte abbastanza minacciose – erano il risultato di un misto di letture, di esperienze a noi sconosciute e di consigli casalinghi. Il nero sotto le unghie è veleno allo stato puro. Per un graffio del filo spinato si può anche morire. Bastano sette punture di calabrone per uccidere un cavallo; due e mezzo per un uomo. Chi si alza prima delle sei di mattina – e lui lo faceva – si ammala meno di chi si alza tardi. Mangiare troppo zucchero può danneggiare non solo i denti ma anche il sistema nervoso.

Forse per questo non partecipava mai alle nostre merende che, non senza calore, memori del "Siate gentili" della nonna, lo invitavamo a condividere. Quando ci avviavamo alla cucina, svelto Mattia spariva in casa degli zii riemergendone poco dopo con una sottile fetta di pane nero spalmata di uno strato invisibile di burro che sbocconcellava con misurata lentezza, come chi mangi perché è necessario mangiare. E ci guardava con un'espressione speciale mentre addentavamo panini grondanti miele o marmellata che ci impiastricciavano la bocca, le guance, le mani.

Fu durante una di queste merende parallele che comprendemmo, in un lampo, non solo quella particolare espressione di vago disprezzo, che ci riservava, ma tutto il suo atteggiamento: doveva essere un comunista, esattamente come lo erano certi personaggi definiti tali da nostro padre, un avvocato, per esempio, che ci aveva portato via, per sposarla, una amatissima cameriera, un cartolaio, dal quale ci era proibito rifornirci, i cui figli non erano battezzati, e un poco anche il viceparroco che in chiesa predicava sempre contro chi non regalava tutto ai poveri. La parola cadde tra noi come una bestemmia, pesante e sinistra. Perché sapevamo, tramite i discorsi orecchiati dagli adulti, che i comunisti rappresentavano il vero pericolo, la grande minaccia sempre in agguato: altro che i fantasmi, i ladri o gli animali feroci che, di notte, talvolta turbavano il nostro sonno.

Ecco perché Mattia ci condannava ogni giorno sottolineando puntigliosamente le distanze e le differenze tra lui e noi, comunicandoci in silenzio ma con forza il suo pensiero: da un lato noi, signorini ignoranti, viziati e smidollati; dall'altro lui, figlio di povera gente, ma colto, serio, impegnato e infinitamente più capace. Un nemico, insomma, ancora prima che un adulto, come avevamo pensato da principio. In quel momento avremmo avuto voglia di confidarci con qualcuno, perfino con i genitori, ma decidemmo di tacere, per non metterli in agitazione, per non creare imbarazzi: se fossero venuti a sapere che Mattia era un comunista, certo i nonni l'avrebbero mandato via – ragionammo – e magari anche licenziato i suoi zii.

Cominciammo, comunque, a guardare il nostro compagno di giochi con altri occhi. Tutto coincideva, tutto corrispondeva. La sua sottile spocchia come la sua merenda magra, il suo studio indefesso come la sua voglia di primeggiare, di sconfiggerci anzi, sia superandoci nella corsa che nei risultati scolastici. E quel suo astenersi da certi nostri giochi frivoli, crudeli, infantili – dai furti di frutta e di pannocchie ai dispetti al grasso e paziente vecchio occupato a tagliare l'erba – non poteva che essere l'espressione delle sue convinzioni politiche, delle quali fino ad allora non avevamo avuto nozione, non dal vivo per lo meno.

Mal sopportavamo la sua taciturna disapprovazione, ma, pieni di paura, non osavamo apostrofarlo come avremmo voluto, come in segreto, quando lui non c'era, progettavamo e ci esercitavamo a fare. Paradossalmente, del resto, sotto il suo sguardo severo e giudicante arrivavamo a sentirci davvero responsabili di qualche cosa e giustamente messi all'angolo. Giungemmo perfino a cercare espiazione per le nostre colpe: a volte, per merenda, chiedemmo anche noi solo pane nero con un filo di burro e un po' di sale; e ci furono giorni nei quali, in gruppo, ci alzammo prima delle sei per dedicarci a una razione supplementare di compiti delle vacanze: con grande sorpresa di genitori e nonni che salutarono soddisfatti la buona influenza che aveva su di noi quel ragazzo. "Piccolo Lenin" lo aveva battezzato nostro fratello maggiore, e quel nome rimase, anche se a noi più piccoli non diceva granché.

Con il passare dei giorni cambiarono, naturalmente, i rapporti con lui. Ci tenemmo sulle nostre, parlando con prudenza, non più a ruota libera su ogni cosa, recitando una parte, la parte dei giudiziosi, maturi, educati, noiosi e un po' antipatici, la sua parte, dopo tutto. Di conseguenza, sembrò spostarsi anche lui di alcuni millimetri. Qualche volta accettò di giocare perfino ai giochi più stupidi. Un pomeriggio arrivò a seguirci in cucina e mangiò un panino alla marmellata, ben volentieri o così ci parve.

Ma non c'ingannava più; era tattica, la sua. Ammaestrati, rispondemmo con la tattica, andando al lago con papà senza avvertirlo, intraprendendo giri per conto nostro, rinunciando a cercarlo ogni mattina sotto casa. E fu il nemico, allora, a cercarci, con sollecitudine quasi, con devozione forse, come ci saremmo augurati fin dall'inizio. Ma – era chiaro – si trattava di un gioco delle parti. E pur tentati fortemente di riprendere la consuetudine dei primi tempi, ci costringemmo a stare a guardare, un po' distanti e cauti.

Quando Mattia partì, senza quasi avvisarci tanto si erano raffreddati i rapporti, ricademmo in un istante nell'inguaribile noia dei giorni interminabili e vuoti. Bonaccia improvvisa sul mare delle ore, senza il minimo movimento d'aria, silenzio, musi, liti, merende a ripetizione e pungente rimpianto per lo scorbutico e perduto compagno di vacanza. Come se senza di lui ci fossimo paralizzati, istupiditi. E la nonna, per la prima volta, ci rimproverò con una certa asprezza: per non essere stati gentili come avrebbe desiderato con il nipote dei guardiani.

Quell'anno la Budischowsky non viaggiò verso casa piena soltanto di vestiti malamente raggomitolati, di quaderni con compiti appena cominciati, di erbari stazzonati, di melanconiche foto in bianco e nero: confusa tra magliette, maglie e calze c'era anche una cartolina arrivata una settimana dopo la partenza del piccolo Lenin. "Non penso di tornare mai più nella vostra grandissima casa. Ma state certi che prima o poi ci rivedremo. Saluti da Mattia F.", c'era scritto in minuscola e ordinatissima grafia di mosca, e null'altro. Scottava come brace in valigia, la cartolina, ed eravamo contenti di andare ben lontano per dodici mesi almeno.

Cuor di Gesù, Cuor di Maria

Tornò in auge la Budischowsky quando fu il tempo di partire per il collegio. I fratelli erano già da un po' imprigionati in quella vita che li teneva lontani da casa salvo che nelle vacanze estive, a Natale e a Pasqua, eventualmente per i Morti, se i giorni cadevano bene; occasioni nelle quali li ritrovavamo distanti, rassegnati, ordinati, diversi da come li conoscevamo.

Il collegio fu inventato, probabilmente, per colpa del fratello maggiore che, già a nove-dieci anni, era considerato "molto ribelle e indisciplinato". Perché aveva un gruppo di amici giudicati scavezzacolli e con loro si arrampicava sugli alberi, sui muri, sui cancelli e qualche volta anche sui tetti. E perché faceva i compiti nella promiscuità dell'osteria invece che seduto, in solitario silenzio, alla scrivania della stanza e, come i contadini, accalappiava ogni sorta di uccellini con le bacchette spalmate di vischio: per poi metterli in gabbia o anche mangiarli cotti allo spiedo su un focherello acceso in qualche angolo del giardino. Una sorta di bracconaggio che nostro padre cacciatore considerava alla stregua di un vero e proprio delitto.

Ma la goccia che fece traboccare il vaso fu la grande asse quadrata e irta di chiodi arrugginiti che gli sfuggì di mano dall'albero sul quale stava costruendo una casetta in compagnia dei soliti amici, andando a colpire l'altro fratello, fermo lì sotto con il naso in su ad ammirare l'interessante tramestio. Cadde di spigolo il pesante legno e aprì una ferita profonda sulla fronte, con sangue che sgorgò abbondante segnando per terra, goccia dopo goccia, il percorso dall'albero fino a casa e poi su per le scale e nelle stanze. Giunsero piangendo sconsolati entrambi i fratelli ma, una volta consegnato il più piccolo nelle mani della tata, il maggiore scappò a nascondersi, per paura dei castighi, in casa di uno dei suoi cattivi compagni di gioco.

Naturalmente la fuga non placò l'ira di papà, tutto al contrario, e la sera stessa fu pronunziato il verdetto: collegio. Il più infelice, dopo il diretto interessato, fu l'altro fratello che, per propria colpa, in un certo senso, perdeva il migliore amico. Noi piccole capivamo poco, ma probabilmente i genitori, per giustificare a se stessi la pesante decisione, ci avevano parlato a lungo dello spaventoso accadimento, tanto che per anni ce ne ricordammo con raccapriccio: pochi centimetri più in là e nostro fratello sarebbe morto, colpito alla tempia.

Una volta aperta la strada, forse sembrò logico, e anche facile, dopo qualche anno, mandare in collegio tutti quanti, sia pure in assenza di particolari misfatti. In risposta alle nostre proteste, alle richieste di spiegazioni i genitori mormorarono qualcosa a proposito della necessità di uscire dall'isolamento della campagna, di allargare gli orizzonti e conoscere amici nuovi. Ne rimanemmo naturalmente insoddisfatti, ma le nostre obiezioni, alla stregua di amabile chiacchiericcio infantile, non furono minimamente prese in considerazione.

Le ultime a partire fummo noi sorelle e per semplicità fu deciso di mandarci insieme. La destinazione geografica fu la stessa dei fratelli ma, mentre per i maschi era stato scelto un rinomato internato di preti, per le femmine ci si accontentò di un convento di monache assai più modesto e – ecco la ragione del ripiego – anche meno caro.

Pur stando nella stessa città furono rarissime le occasioni nelle quali c'incontrammo tutti e quattro, per la complicazione di combinare uscite e permessi dei rispettivi collegi, ma anche per il progressivo crescere delle distanze tra noi. Le poche volte che accadde, già estranei, non sapevamo cosa dirci. Marcati dalle rigide regole di vita alle quali ci sentivamo costretti, era come se anche la nostra immaginazione fosse stata ingabbiata. «Cosa avete mangiato oggi?», chiedevamo, infine, in linea con le conversazioni dei collegiali per i quali il cibo rappresenta una delle poche consolazioni. «Lasagne, pollo arrosto, patatine fritte e gelato» oppure «Ravioli, bistecca e banana», rispondevano i fratelli, lasciandoci annichilite e invidiose perché da noi le lasagne non c'erano mai e nemmeno i ravioli, le patatine, la banana o il gelato. Il pollo sì, la domenica, ma lessato finché la carne ingrigita si staccava dagli ossi, e ci toccava mangiarlo in compagnia di erbette, lessate a loro volta, e ben fredde.

La Budischowsky, dunque, tornò in auge al momento della partenza, non più come valigia per le vacanze da riesumare soltanto in estate, ma in attività permanente. Ci accompagnò nel viaggio, riempita con lenzuola, coperte e asciugamani, e poiché ci vennero assegnati dei numeri – 102 e 103 – che negli anni seguenti contarono molto più dei nostri nomi, quelle cifre furono segnate con una speciale penna verde sul coperchio di cuoio e ancora rimangono, indelebili dopo tanto tempo.

Fu una trasferta triste, noi due sedute in macchina mute e rancorose verso i genitori e loro a discutere su quale fosse la strada da prendere. Sbagliando, avevamo rimandato il viaggio all'ultimo, così arrivammo di sera al convento che, al buio, ci apparve doppiamente cupo. Nel lungo corridoio d'ingresso non si vedeva nulla, tranne in fondo, contro una orribile vetrata a colori, una grande bianca statua di Cristo illuminata da una lucetta rossa, che sembrava di cimitero. Fu lì che ci salutammo, noi due singhiozzanti con le valigie in mano, ma anche la mamma con la voce rotta e le lacrime agli occhi.

Dovettero tuttavia passare vari anni, finché non fummo adulte, perché ci rendessimo conto che il collegio, più di noi, aveva reso infelice nostra madre: abituata ad avere quattro figli intorno, si era ritrovata, nel giro di poco tempo, senza nessuno nella casa vuota. Ammirevolmente, però, aveva tenuto duro.

Le suore portavano una cuffietta bianca a piegoline, velo nero, veste nera e nere anche le scarpe; ma, a sorpresa, calze bianche, forse perché nere sarebbero sembrate troppo conturbanti. Le educande erano vestite di blu, una larga veste arricciata in vita e alle spalle per nascondere meglio ogni possibile forma. Non erano proibiti i pullover e non c'erano regole sui capelli, perciò le più avvedute infilavano certe strette maglie lunghe e sottili che, indossate sopra la divisa, facevano apparire più snelle mettendo bene in vista il seno. E si pettinavano onde nei capelli oppure li cotonavano o li puntavano alti per dimostrare più anni. Alcune li profumavano lasciando una scia al passaggio che induceva le altre a sentirsi ancora più rustiche, conventuali e poco attraenti.

Per parte loro, le suore mandavano uno strano odore, un odore senza nome, non profumo e non puzza: un sentore di scatola chiusa misto a marmo bagnato dalla pioggia e a biancheria passata nella candeggina che non permetteva di avvicinarsi troppo. Molte avevano un po' di baffi, neri o bianchi a seconda dell'età; tranne una non erano cattive ma nemmeno buone, tranne una.

Era, questa buona, grande, grossa e disordinata, non controllata e impersonale come le altre, golosa di caramelle, con la cuffia sempre un po' sbilenca. Aveva acquosi occhi azzurri e, invece di fare la guardia in portineria, spesso si addormentava sulla seggiola, ragione per la quale, in separata sede, ma non abbastanza separata perché non ce ne accorgessimo, veniva rimproverata da qualche altra suora. D'inverno non aveva mai freddo, d'estate soffriva il caldo e in tutte le stagioni rideva a bocca aperta, sdentata, con stentorea voce da uomo.

Per consolare le ragazze grandi che erano senza fidanzato, angustiate dal pensiero che, stando lì dentro, non ne avrebbero mai trovato uno, consigliava di pregare san Giuseppe, specializzato, secondo lei, nella ricerca di buoni mariti. Ma quando poi accadeva, nessuna riconosceva il merito al santo e a tutte, anche alle più devote, sembrava di essersi trovato il fidanzato per conto proprio, senza il suo ausilio.

In realtà, solo una minoranza aveva un innamorato, non immaginario, non inventato, ma in carne e ossa, uno che magari avesse l'ardire di presentarsi in parlatorio oppure addirittura di riaccompagnare la sua amata in collegio la domenica sera, in modo che tutte le altre, affacciate nel buio alle finestre, potessero indovinarne la sagoma di sfuggita giù in cortile.

Privilegiate in questo senso erano le ragazze che abitavano vicino, quelle che andavano a casa ogni fine settimana dove assiduamente potevano frequentare feste e balli. Rientravano in collegio con un'aria diversa: non solo fresche ogni volta di parrucchiere e con le tracce un po' stropicciate del trucco sulla bocca e sugli occhi, ma con qualcosa di segretamente baldanzoso che noi, emarginate orfanelle dell'amore, non afferravamo ma che ci faceva battere il cuore. Per renderle sommamente disprezzabili le suore le accoglievano commentando con aria schifata: «Non vi vergognate di andare in giro così bistrate?». Noi, però, non disprezzavamo affatto e ci figuravamo i baci, ci figuravamo gli abbracci. Oltre non osavamo andare.

E loro, le fidanzate, non raccontavano mai nulla, solo ammiccavano alle amiche più intime, bisbigliando frasi che rimanevano sospese, incomprensibili per noi che, da una certa distanza con orecchie tese al massimo, invano cercavamo di coglierne il significato; si trattava di parole d'ordine che nettamente separavano quelle che sapevano da quelle che non sapevano.

Le escluse – e noi tra loro –, oltre che dal mistero, erano annientate dall'evidenza che avere un fidanzato era dalle iniziate considerato perfettamente normale, immeritevole di particolari commenti, mentre a chi andava a casa tre o quattro volte all'anno e non frequentava feste e festicciole pareva la più straordinaria delle beatitudini. Beatitudine della quale parlavamo all'infinito, propiziandola con diete, letture, pettinature e anche preghiere a san Giuseppe, senza peraltro riuscire a immaginare in che modo e quando avremmo mai potuto conoscerla anche noi.

La suora cattiva era baffuta e spietata. Piccola, arrogante e ignorante, sebbene insegnasse latino, era la responsabile della sorveglianza, una specie di capo della polizia. Tutto vedeva e tutto ascoltava. Come una furia passava in rassegna – a sorpresa – armadietti, cassetti e scrivanie. Neppure le tasche della divisa erano al sicuro da lei: capitava che vi rovistasse mentre facevamo il bagno o quando eravamo in palestra; ma se sospettava che nascondessimo qualcosa – e cos'altro se non un po' di cioccolata, qualche caramella, gomme da masticare, eventualmente, nel più terribile dei casi, un pacchetto con due o tre sigarette? – non esitava a infilarci le mani in tasca.

Era odiata naturalmente e chi non la odiava, chi addirittura sosteneva di volerle bene – anche la suora cattiva aveva un paio di fedeli seguaci, sue schiave e spie personali – veniva a sua volta detestata. Quando, anni dopo, quelle stesse sue seguaci, sempre rimaste in contatto con lei, diffusero la notizia che si era tolta l'abito lasciando il convento per andare a lavorare tra i ragazzi di periferia, restammo del tutto spiazzate.

Né buona né cattiva, solo supremamente distante era la madre superiora, chiamata "la reverenda". Piccola e senza carne, dai tratti pallidi e affilati, parlava sussurrando come se fosse sempre malata e sorrideva appena, soavemente, più o meno come la Madonna sull'altare della cappella, che forse cercava di imitare. Pur vestita come le altre, era inspiegabilmente più elegante, composta, aggraziata, con movimenti lenti, controllati. Appariva raramente, per fortuna, perché faceva paura a tutte quante, educande e suore, e al suo passaggio bisognava interrompere ogni cosa, gioco, chiacchiera, lettura, studio, per allinearsi lungo i muri, composte e in ordine, docili e sorridenti. Si favoleggiava che fosse una principessa oppure una duchessa, anche se il suo cognome ci sembrava abbastanza plebeo.

Normalmente la reverenda si mostrava solo alla messa della domenica e il sabato a mezzogiorno, dopo le lezioni, in aula magna, per distribuire le note di comportamento dalle quali dipendeva il diritto all'agognata libera uscita. Noi tutte in piedi in ordine per classe, a semicerchio, e al centro lei, seduta su una seggiolina impagliata, che con la sua esile voce di bambina crudele ci chiamava una ad una.

Qualsiasi fosse la nota bisognava avanzare con fare sottomesso, inchinarsi piegando all'indietro la gamba e ringraziare per il foglietto che la reverenda porgeva, il cui contenuto era stato appena declamato con l'enfasi di un giudizio universale.

Le ottime e le buone naturalmente erano salve e quasi sempre anche le mediocri. Condannate a passare sabato e domenica in convento invece le poco soddisfacenti e, a maggior ragione, le insoddisfacenti. E regolarmente qualcuna tra le più piccole scoppiava a piangere disperata, anche in presenza della madre superiora: niente uscita per lei nemmeno se, proprio in quel fine settimana, erano arrivati genitori o parenti, magari dalla Sicilia o dalla Puglia, o anche dal Trentino. Le suore erano irremovibili, sebbene le note non riguardassero affatto il profitto scolastico, l'unica cosa che in realtà interessava ai genitori.

"Insoddisfacente per le file" toccava a chi chiacchierava troppo durante gli spostamenti tra dormitorio e chiesa, tra sala da studio e refettorio, tra classe e palestra; spostamenti da fare in assoluto silenzio e in ordinata fila indiana. "Insoddisfacente per il tono" era invece la nota che con più frequenza fioccava addosso a tutte quelle che protestavano con qualche vigore contro le innumerevoli, ridicole, antiquate, assurde proibizioni del collegio. Come camminare sottobraccio, fare il bagno più di una volta a settimana, leggere un giornale oppure un libro non scelto nella biblioteca della scuola, avere delle fotografie sul comodino, studiare dopo le dieci di sera, appoggiarsi al termosifone d'inverno, tenere un diario o custodire da qualche parte, per sé soltanto, cibarie spedite da amorevoli madri, zie e nonne.

Benché, ovviamente, rimanessero in castigo più spesso delle piccole, le grandi non piangevano mai in aula magna per un “insoddisfacente”. Sfidavano altezzose la reverenda e poi, con nero occhio irridente, fissavano la suora cattiva, l’eminenza grigia che, sullo sfondo, distribuiva premi e punizioni, soprattutto punizioni. Più tardi, a volte, piangevano di nascosto, con singhiozzi duri inframmezzati da parole furibonde, da maledizioni e progetti di fuga.

Ma scappò davvero soltanto una durante i nostri anni di collegio: aveva diciotto anni, scuri capelli setosi e una bocca maliziosa. Se ne andò passando distrattamente dai campi, un pomeriggio. Scese in città a mangiare una pizza calda e bomboloni alla crema, e tornò poche ore dopo, sempre attraverso i campi, niente affatto furtiva, senza che nessuna delle suore se ne accorgesse. La sera poi stette male, per i troppi bomboloni unti e pesanti, ma l’infermiera che la visitò non fece la spia e parlò, invece, di appendicite. Parola stregata che terrorizzava le suore le quali, in quattro e quattr’otto, mandarono la transfuga, come facevano sempre con chi accusasse un mal di pancia un po’ insistente e non meglio identificato, ad operarsi d’urgenza nella miglior clinica della città.

A noi sorelle, invece del dormitorio, toccò una cameretta, privilegio che dividevamo con uno sparuto gruppo di sorelle, nonché con le grandi dell'ultimo anno di liceo. Privilegio bilanciato dal fatto che le stanzette, costruite con mura molto sottili in cima al terrazzo, erano caldissime già in maggio e giugno e gelide nei mesi dell'autunno e dell'inverno.

Privilegio che ci mantenne, fin dal principio, un po' separate dalle altre, la cui dimestichezza e complicità nasceva specialmente in dormitorio, quando s'incontravano in camicia da notte e ciabatte o, anche, in mutande e canottiera. Le altre sapevano tutto di tutte: chi russava, chi piangeva, chi gridava nel sonno, chi aveva incubi e chiamava la suora per farsi consolare, chi aveva manie religiose, chi era o fingeva di essere sonnambula; perfino chi bagnava il letto.

Noi restavamo un po' sconosciute, alle suore come alle ragazze, perché non eravamo tipi da confidarci, da piangere in pubblico, da raccontare i fatti nostri. In più, le altre sapevano di moda, di scarpe, di vestiti, di fondotinta, di mèche, colpi di sole e messa in piega, di attori e di cantanti.

Conoscevano addirittura testi e musiche delle canzoni. Noi no, ignoranti su tutta la linea, chissà in che maniera, apposta o per caso, tenute all'oscuro di quel sapere tanto vario.

Anche senza aver aperto bocca, la differenza tra noi e le altre ci apparve lampante fin dal primo giorno. In attesa della divisa, che certe suore ci cucivano in parti recondite del convento, le "nuove" se ne stavano vestite "in borghese", con gli indumenti portati da casa. Indossavano gonne strette con magliettine aderenti da donna, vestitini diritti e senza maniche con calze velate e tacchi, e anche bracciali e collane. Noi invece eravamo arrivate con gonne a pieghe e camicie bianche con cardigan di lana sopra, calzettoni e scarpe allacciate, basse – e grosse – probabilmente ereditate dai fratelli.

Fummo felici quando finalmente vennero consegnate le brutte e sgraziate divise che ci resero indistinguibili dalle altre, non più visibili e vistose nella diversità degli abiti di casa. Tempo dopo, quando infine entrammo un po' in confidenza con qualche ragazza, sapemmo che eravamo state individuate come le peggio vestite tra le nuove di quell'anno. Ci rimanemmo male, incredule, in quanto a noi la più mal conciata era indiscutibilmente sembrata una cicciottella tutta in verde ramarro con una cintura di catenella dorata che sottolineava l'ampiezza del giro vita.

La Budischowsky finì sotto i nostri letti, forse unica traccia concreta della vita passata, e ci piaceva saperla lì, domestica e nota, come se emanasse calore e sicurezza. Dentro tenevamo le coperte supplementari spedite dalla mamma, per le emergenze e, a volte, quando premeva la nostalgia, ci affondavamo la faccia per sentire gli odori perduti di casa.

Ma ci ricordava casa anche la merenda, che il convento non forniva, alla quale dovevano perciò provvedere le famiglie. E se la divisa democraticamente cancellava o tentava di cancellare ogni differenza tra noi, la merenda tornava a dividerci, a discriminarci a seconda del censo, della sorte e della generosità e sollecitudine dei rispettivi genitori.

Per quel che riguardava noi sorelle, che altra merenda avrebbero potuto escogitare nostro padre economo e nostra madre salutista e spartana se non le genuine mele dell'orto domestico? Due volte all'anno, in autunno e in primavera, ne arrivava una cassetta piena, che le suore stivavano in qualche loro lontana dispensa, e ogni giorno alle quattro al nostro posto in refettorio trovavamo, direttamente appoggiate sul piano di marmo, due solitarie mele per ciascuna. E se nei primi mesi i frutti erano belli sodi e duri, con il passare del tempo si raggrinzivano, si rimpicciolivano, si ammosciavano, sempre più tristi a mano a mano che avanzava l'anno. Finché, in genere verso maggio, le mele sparivano del tutto, marcite o terminate. Ma, avvisato, nostro padre rispondeva che non valeva più la pena rispedirne di nuove, per cui, non essendo previsto dal regolamento che semplicemente si rimanesse a studiare senza scendere in refettorio, passavamo la mezz'ora della merenda sedute a guardare mangiare le altre.

E ci pareva che queste altre, senza esclusioni, fossero più fortunate di noi. Vedevamo imbanditi, a destra e a manca, salami e biscotti, formaggini e fette biscottate, nonché vere e proprie merendine, meravigliose e modernissime brioscine e veneziane inzuccherate e impacchettate. Più di tutte invidiavamo certe figlie di proprietari di farmacie che dal negozio di famiglia si portavano prodotti dietetici o alimenti per l'infanzia che facevano miseramente sfigurare le nostre mele, ancora più povere e melanconiche di fronte a quelle lussureggianti gallette, ai profumati succhi di frutta e alle dolci e cremose pappine per bebè.

A volte queste fortunate accettavano di fare scambio con noi, una mela contro tre biscotti al plasmon, solo che la mela di solito non la mangiavano e, di nascosto, la buttavano via. Né ci consolava più di tanto che la nostra austera morigeratezza in fatto di merenda – per altro non certo voluta – ci procurasse l'ammirazione e la stima delle suore, le quali non trascuravano di portarci pubblicamente ad esempio.

A perderci fu proprio il cibo o, meglio, la bevanda.

Da tempo sentivamo, alla mattina, salire tra le camere profumo di caffè, vero caffè, non l'orribile brodaglia che ci toccava a colazione, quasi tutto latte e uno schizzo di orzo, giusto per il colore.

Ma ci vollero mesi prima che comprendessimo che quel profumo non saliva da un privilegiato e invisibile refettorio dove le suore s'imbandivano del caffè nero fumante, accompagnato magari da brioche calde, bensì da molto più vicino, dalle stanzette delle maturande.

Con cautela cercammo di informarci, scoprendo che era abitudine diffusa – sebbene proibitissima – tra tutte le inquiline delle camerette prepararsi la mattina appena sveglie un bel caffè sopra un fornellino da campo che veniva conservato, assieme alla materia prima, alla caffettiera, alle tazzine e ai cucchiaini nel sottofondo degli armadi. Qualcuna teneva perfino il detersivo per sciacquare la tazza, qualche altra il latte condensato per fingere un cappuccino. E tutte erano disposte ad alzarsi un quarto d'ora prima per godere il segreto rito.

Naturalmente non potevamo essere da meno. Ma timide e paurose come eravamo ci organizzammo in altro modo, che a noi pareva più discreto e che fu approvato anche dalle maturande, preoccupate che l'eccessiva diffusione della pratica clandestina potesse facilitarne la scoperta. Scartammo il caffè mattutino per il suo odore penetrante – la nostra stanza era proprio di fronte a quella della suora sorvegliante – ma anche per la poca voglia di svegliarci ancora prima dell'orario stabilito e ci decidemmo per una camomilla serale: per dormire bene e per scaldarci nella mezz'ora gelida prima di andare a letto.

Un po' alla volta, nel corso delle uscite del sabato, ci procurammo tutto il necessario: fornelletto, fiammiferi, pentolino, camomilla, zucchero e limoni. Scordammo i cucchiaini, che rubammo poi in refettorio. E avviammo la cerimonia, sera dopo sera per tutti i mesi freddi, in silenzio, riponendo ogni volta le stoviglie tra le coperte d'emergenza nella Budischowsky, che ci sembrava più sicura del sottofondo dell'armadio.

In più di una occasione rischiammo di essere scoperte, per il rumore del pentolino sfuggito di mano e caduto a terra, per l'improvviso affacciarsi della suora sorvegliante anche dopo il suo solito giro («Ah, qui sono già stata. Ma ripetere non fa male: Cuor di Gesù, Cuor di Maria....» «Vi dono il cuore e l'anima mia.»), ma andò liscia sempre, per noi e per le altre, nonostante l'odore di caffè salisse forte tutte le mattine. Ci adagiammo, insomma, nella piacevole abitudine, di cui, probabilmente, buona parte del collegio era al corrente.

Poi, all'improvviso, ci fu la retata. Non così improvvisa, a dir la verità, poiché era stata preceduta da un paio di prediche sulla pericolosità di accendere fuochi all'interno del convento. Prudentemente avevamo sospeso perciò il rito della camomilla, le altre quello del caffè. Ma non bastò. Prima delle lezioni, fummo radunate un giorno in sala da studio e il fulmine si abbatté violento sulle colpevoli. Il peccato venne illustrato, con massima indignazione, in lungo e in largo – dalla suora cattiva, naturalmente –, ma le peccatrici non vennero mai nominate. Nessun nome dunque, solo l'annuncio, terribile, della punizione: «Le responsabili avranno nota insoddisfacente per quattro sabati di seguito. Per un mese sono sospese le loro uscite». In coda una postilla sorprendente: «Una nota di merito per due sorelline che ancora una volta si sono distinte per buona educazione». La Budischowsky, in poche parole, ci aveva salvato.

Non fu facile incamerare le lodi e poi alzare occhi innocenti sulla suora cattiva. Ancora più difficile fu guardarci intorno con l'aria di avere la coscienza tranquilla e insieme di scandalizzato stupore per tanta indisciplina, tanta doppiezza allignante tra le compagne: ma ci riuscimmo. Di nascosto non solo dalle suore ma anche dalle maturande che, tornate in camera, avevano trovato svuotato di tutto il sottofondo degli armadi, ridemmo come pazze precipitandoci a cambiare posto alla nostra piccola batteria da cucina. Per paura di una nuova ispezione la sistemammo in modo che a noi parve sofisticatissimo, davvero invisibile, dentro un sacchetto appeso nell'armadio, ben coperto tra giacche e cappotti.

Dopo un giorno appena, le suore furono costrette a rimangiarsi le lodi per le sorelline tanto bene educate; senza dirlo, però, per non doversi ridicolmente sconfessare in pubblico. La seconda retata fu sigillata dal silenzio, niente proclami, niente annunci di provvedimenti, solo un lungo sguardo di disprezzo per noi da parte della monaca cattiva. E, naturalmente, scomparsi fornello, tazze, pentolino e camomilla. Per non parlare delle quattro settimane di note insoddisfacenti. Se avessimo lasciato ogni cosa nella Budischowsky ci saremmo probabilmente risparmiate l'orribile figura di chi viene prima portato alle stelle e subito dopo rigettato giù tra gli umani volgari e imbroglioni.

A lungo ci chiedemmo poi come mai le suore avessero avuto un ripensamento, perché fossero tornate a frugare una seconda volta. Il nostro sguardo – allora – non era stato abbastanza innocente? O forse ci avevano visto ridacchiare soddisfatte tra noi?

Soltanto quando fu finito da un pezzo il tempo del collegio, senza esserci messe d'accordo convenimmo entrambe – chissà come sul momento non ci era venuto in mente – che qualcuna, provocata da quel primo, immeritato encomio, aveva semplicemente provveduto a spargere la voce che noi sorelline non eravamo affatto migliori delle altre.

La guerra dei tre mesi

Ricomparve il valigione ancora una volta, l'ultima probabilmente, quando nostro padre decise di separarsi. Periodicamente lo annunciava, dopo ogni discussione con nostra madre, o quasi. «Adesso basta» diceva «non ce la faccio più.» Ma più che una minaccia sembrava un'esclamazione, come chi invoca il cielo perché piove da giorni o perché da mesi non si sogna di piovere, perché ha mangiato troppo o è caduto procurandosi qualche piccolo acciacco.

Di solito egli usava sottolineare le parole con plateali uscite dalla stanza, sonoro sbattere di porte e ritmato rumoreggiare metallico – a causa dei ferretti che, per risparmiare le scarpe, portava sotto i tacchi – di passi veloci giù per le scale; e noi figli, più che preoccupati, ne rimanevamo imbarazzati, desiderosi di girare la faccia dall'altra parte, di non vedere le scene indelicate degli adulti: come chi per sbaglio cogliesse qualcuno di rispettabile nella sua intimità, senza vestiti o intento in bagno, e si affrettasse a richiudere la porta guardando altrove.

Olimpicamente calma restava nostra madre, che nulla riusciva a distogliere dalle sue minime incombenze quotidiane: ascoltare la radio, ritagliare succulente ricette di cucina che non avrebbe mai sperimentato, mettere a bagno nella grappa, per lucidarli, anelli e orecchini oppure, nella stagione adatta, potare le rose del giardino vestita peggio che poteva, con il vecchio grembiule pieno di macchie, i capelli selvatici intorno alla testa e i grandi guanti da muratore: quasi una barbona, come regolarmente sottolineava con crudele fastidio nostro padre.

Del resto, uno dei principali motivi del loro contendere era proprio lo sciatto modo di vestire della mamma. Lui che avrebbe voluto accanto, da mostrare, una elegante e ingioiellata signora in tailleur, pelliccia e tacchi alti, si ritrovava con una campagnola in camicia da uomo e gonnaccia di lana e, in inverno, al posto del cappotto una vecchia giacca smessa di lui. Non contenta, invece della borsetta, che detestava, considerandola leziosa e bamboleggiante, nostra madre usava le tasche, perennemente sformate, nelle quali ficcava di tutto, soldi, chiavi, fazzoletto, matita, caramelle, a volte un piccolo profumo, a volte un rossetto color fiamma che, però, utilizzava solo in casi eccezionali.

Perfino noi ragazzi ancora non ci eravamo rassegnati al suo abbigliamento, tanto che un poco ce ne vergognavamo e ipocritamente provavamo a metterla in guardia con garbo: «Fa molto freddo, oggi, sarebbe meglio se usassi il cappotto...». Per fortuna a un certo punto venne universalmente di moda, anche per le signore, la trasandatezza, per cui tentammo in qualche modo di convincerci che la mamma era in realtà sempre stata all'avanguardia.

Litigavano i genitori per altre simili cose da nulla, mai niente di serio come questioni economiche o l'educazione nostra, peraltro, almeno in teoria, almeno secondo noi, ampiamente completata. Litigavano per il cibo malriuscito – una carne smorta, delle patate poco croccanti, una salsa senza sapore o una torta troppo asciutta –, per dei fiori lasciati seccare in un vaso, per una lettera dimenticata inevasa, per il bagagliaio dell'auto caricato in maniera insoddisfacente, per una telefonata fatta con tono sbagliato (secondo lui), per una finestra rimasta aperta a rischio di spiffero fatale (per lui).

Scoppiavano principalmente a tavola i litigi, in parte perché non raramente il pretesto si trovava proprio nel piatto, in parte perché era il luogo dove loro due stavano assieme più a lungo, con l'aggiunta di testimoni da coinvolgere, da conquistare: qualcuno di noi figli, cui toccava anzitempo fare da genitori ai genitori, suggerendo loro, cautamente, che salsa, patatine e torta secca forse non erano così importanti.

Per lo più, tuttavia, durante queste tempeste ce ne stavamo seduti impauriti e in silenzio a occhi bassi, divisi tra il disagio e il dispiacere, ansiosi di concludere più in fretta possibile la cerimonia per poter abbandonare il campo di battaglia e lasciare soli i contendenti. Non senza un'ombra di rimorso al pensiero che, in nostra assenza, i toni si sarebbero potuti fare più aspri: sola la mamma, eterna bambina, con i suoi modi di maschiaccio; solo il papà, più stanco e più vecchio di lei, perduto nei fumi delle sue rabbie.

A scatenare l'ultimo litigio fu una partita a carte. Incomprensibilmente i genitori, non paghi di essere infiammabili per conto proprio, tanto che bastava metterli vicini per più di dieci minuti perché si sviluppasse un accenno di zuffa, si ostinavano, in giornate particolarmente serene, a giocare a carte, esca infallibile per avviare l'incendio che in un attimo riusciva a trasformare il clima miracolosamente pacifico in temporale infuocato.

E noi figli, pur già sapendo, ogni volta ci meravigliavamo che da adulti, quasi da anziani quali ci apparivano i nostri genitori – benché allora non avessero ancora compiuto cinquant'anni – si potesse litigare come ragazzi, per un gioco, per una parola, per un niente. Con la differenza che, se bisticciavamo noi, venivamo trattati da sciocchi bambini litigiosi – «Siete grandi ormai, non vi vergognate?» – mentre a loro nessuno poteva rimproverare nulla. E chi di noi eccezionalmente tentava di intromettersi rischiava di prendersi qualche mala parola.

Quella volta il papà uscì come sempre con impeto turbinoso dal salotto facendo rumorosamente sbattere la porta, ma poi non s'udì il suo passo affrettato giù per le scale, bensì l'aspro scricchiolare degli scalini di legno che portavano in soffitta. Tendemmo l'orecchio incuriositi. Lassù si stendeva la biancheria ad asciugare, si piazzavano bacinelle quando pioveva forte, eventualmente, di quando in quando si dava la caccia a un topo: sempre cose da donne, però, oppure da ragazzi.

Tornò giù brandendo la Budischowsky, da poco dismessa dai nostri anni di collegio, ancora viva e intatta, più o meno uguale a se stessa nonostante il lungo servizio. Minacciosamente la brandiva, ma minacciosa era anche la valigia per il semplice fatto di essere piuttosto grande, non per un viaggiatore che velocemente va e viene, bensì per uno che va e sta via a lungo. Avrebbe potuto prendere, nostro padre, un'altra qualsiasi valigia, più piccola, più pratica, più leggera, una borsa, una ventiquattrore, ma non sarebbe stato lo stesso, non avrebbe fatto il medesimo effetto. Budischowsky voleva dire: non so quando tornerò, mi prendo tutto il tempo che serve, non mi aspettate tanto presto.

Lo capimmo tutti quanti; anche la mamma, sebbene lì per lì avesse fatto spallucce con aria infastidita. Pur senza affrettarsi, si alzò, infatti, andando a prendere dal cesto dei rammendi le calze bucate di papà, che giacevano abbandonate da settimane. E si mise all'odiato lavoro, vicino alla lampada, con ago, filo e uovo di legno, come in posa per un'ambientazione di caldo e rasserenante clima domestico del quale, una volta lontani, non si può che avere struggente nostalgia. Quando poi parlò – di tutt'altro – aveva una voce nuova, pulita, diligente, niente a che fare con quella cattiva e concitata che avevamo ascoltato poco prima.

Ma il papà era uscito dall'altra porta, dopo aver fatto passerella in salotto, a nostro uso e consumo, ostentatamente trascinandosi dietro la Budischowsky. Con ciò intendeva colpevolizzare anche noi figli, per non aver preso le sue parti, per non averlo difeso da nostra madre, per trovarci quasi sempre più vicino a lei che a lui, in quanto era soprattutto con lei che si contrattavano gli acquisti di scarpe e abiti nuovi, si chiedevano permessi e si discutevano le minime necessità dei giorni. In realtà non avevamo preferenze. Avremmo soltanto voluto trovarci fuori di lì: qualcuno semplicemente immemore di casa e famiglia; qualcuno, forse, con il cuore pesante al pensiero di loro due imperterriti e accaniti nelle loro guerre intorno al nulla quotidiano.

La sera ci meravigliammo di ritrovare la Budischowsky nell'ampia sala d'ingresso, sia perché in due ore avevamo mentalmente già accantonato l'accaduto come schermaglia rituale, sia perché la valigia era aperta e riempita solo a metà.

Dunque il papà non era partito e non si era separato. Dunque l'indomani avrebbe rimesso a posto le sue cose, riportato in soffitta la Budischowsky e tutto sarebbe ritornato come prima, nel consueto, sia pure un po' precario, equilibrio. Forse la commedia della brava moglie che rammenda le calze inscenata in fretta e furia dalla mamma era davvero servita a rabbonirlo.

Invece la valigia rimase lì, tanto da diventare quasi invisibile, abituale, già parte dell'arredamento, sebbene se ne stesse fuori posto sul pavimento. A volte, chissà se per simulare sollecitudine riguardo all'ordine casalingo o se, invece, per favorire la definitiva archiviazione dello spiacevole episodio, nostra madre chiudeva la Budischowsky, rimettendola in piedi come per invitare nostro padre a portarsela in camera e svuotarla. Invano, tuttavia, perché subito egli tornava a coricarla aperta per terra. Era chiaro che doveva servire da monito per moglie e figli: che lo trattassero con rispetto, che non lo tormentassero, che fossero docili e sorridenti altrimenti se ne sarebbe andato.

Nonostante ci fossimo assuefatti alla sua vista, la valigia continuò in effetti a tenerci un poco in ansia, costringendoci ad essere con papà più affabili e più attenti del solito. Pronti ad ascoltare con pazienza certi suoi ragionamenti sui tempi bui che ci aspettavano, sui piccoli e grandi imbrogli di cui si sentiva continuamente vittima, sul fondo di malvagità che, secondo lui, sonnecchiava in ogni essere umano, sui sospetti che tassativamente dovevamo nutrire perfino nei confronti dei parenti e degli amici, anche i più affabili e generosi. E pronti anche, noi figli, a giocare a carte con lui la sera dopo cena, permettendogli, per preservare il suo incerto buon umore, di vincere quasi sempre.

Per tutto il tempo che la Budischowsky restò lì, i fratelli rinunciarono a portare a casa le loro fidanzate o, meglio, le ragazze alle quali facevano credere di essere tali, la cui vista non infastidiva soltanto noi sorelle ma anche, soprattutto, il papà. Quali innocenti o abbastanza innocenti signorine fresche di collegio non sopportavamo di dover guardare gli innamorati che si baciavano a ogni istante davanti a noi, come se fossimo trasparenti, come se baciarsi fosse un'attività banale, simile a bere o mangiare e non qualcosa di sublime, di straordinario e segreto, quale l'avevamo avuto in mente durante i lunghi anni di clausura.

Ma c'imbarazzava anche dover vedere come loro, che tanto ci tenevano a dimostrarsi grandi, infantilmente si tenevano per mano; e ancora meno ci piaceva starli a sentire mentre si dicevano frasi stupide con impostata vocetta da bambini. Ma il peggio era dover constatare che i fratelli, in genere discretamente prepotenti nei nostri riguardi, diventavano docili e quasi servili con le loro fidanzate. Era un fatto inatteso e misterioso, che ci faceva rimpiangere doppiamente di essere scompagnate: se quella era la regola un giorno avremmo avuto anche noi un ragazzo obbediente e adorante come schiavo al nostro servizio.

Il papà, che non sapeva nascondere i sentimenti, era assai più intollerante e liberamente mostrava la sua disapprovazione. Squadrava le sventurate ragazze da capo a piedi, con insistenza, cercando poi la nostra alleanza di figlie per commentare insieme: «Avete visto che brutte gambe?». E noi a guardarci le gambe che bellissime non ci sembravano. «Avete visto il vestito e le scarpe?» E noi a guardarci vestito e scarpe, dei quali di solito eravamo scontentissime. «Avete visto gli occhi bistrati e le unghie tinte?»

E noi a questo punto non avevamo nulla da guardare, essendo semmai invidiose dell'abilità di quelle fanciulle di pitturarsi gli occhi e le mani.

Poiché di fronte alle smancerie – così il papà definiva certe tenerezze – egli reagiva infastidito, distogliendo la faccia con aria disgustata come se si trattasse di uno spettacolo altamente sconveniente, in sua presenza stavano di solito ben accorti, i fratelli fidanzati, a non mostrarsi premurosi e sentimentali: nessuna coccola, nessuna moina, niente voce da bambini stupidi, ma un trattamento distaccato, indifferente, quasi indisponente.

Al fine di rabbonire nostro padre, per le settimane, anzi i mesi che la valigia rimase aperta nell'ingresso, ebbero il buon gusto, i fratelli, di tenere le fidanzate del momento accuratamente distanti, nascoste o, chissà, abbandonate: in casa, comunque, in quel periodo le povere ragazze non misero piede. E l'immagine dei figli – falsamente – soli e casti e, dunque, probabilmente concentrati nello studio con rinnovata dedizione, evidentemente rasserenava papà: è possibile, pertanto, che la prudente mossa abbia contribuito alla felice dissoluzione – con un niente di fatto – della tante volte minacciata tempesta.

La mamma, al contrario, dopo l'iniziale, lieve

sgomento che l'aveva indotta ad aggiustare il timbro di voce e a rammendare, praticamente in una sola sera, tutte le calze di papà abbandonate nel cestino da lavoro, assai presto sembrò disinteressarsi della Budischowsky, mostrandosi assuefatta alla presenza muta e ingombrante della vecchia valigia trasformata in piccolo monumento casalingo alla separazione o al divorzio.

Un poco alla volta ricadde, infatti, quando si rivolgeva a nostro padre, nell'abituale veemente tono sarcastico, come di figlia adolescente cui dà sui nervi qualsiasi cosa dica o faccia il pedante genitore. Al punto che, di tanto in tanto, ostentatamente il papà tornava ad affaccendarsi intorno alla valigia, aggiungendo un pullover, un paio di calze, un libro, come per confermare il proposito di una sua definitiva fuga da casa; non è escluso tuttavia che, fingendo di aggiungere l'uno o l'altro indumento al suo bagaglio, in realtà ne sottraesse qualcuno di cui aveva bisogno.

Ad un certo punto, però, per improbabile, improvviso desiderio di ordine che non faceva in verità parte del suo carattere, con un inatteso colpo di mano, la mamma fece sparire la valigia.

Benché non se ne fosse mai inquietata tanto, evidentemente non sopportava più di vederla lì, immeritato ammonimento, piccola ferita inutilmente lasciata aperta che andava curata una volta per tutte. E fu la sua espressione trionfante, ancora prima che ci potessimo rendere conto dell'avvenuto sgombero, a informarci che la questione era stata risolta, sebbene in modo perfettamente unilaterale.

Nostro padre, che pure entrava e usciva di casa con assidua regolarità, si accorse del vuoto soltanto dopo due giorni. E subito, senza porre tregua in mezzo, senza chiedere nulla a nessuno ma con il volto scuro dei giorni peggiori, partì come una freccia alla ricerca della valigia, direttamente infilando le scale della soffitta, dalle quali ridiscese poco dopo altrettanto in fretta e con espressione ancora più cupa, senza la ben nota Budischowsky.

Cancellati, dunque, in un momento, i tre mesi di progressivo assopimento della minaccia di separazione nonché la speranza, apparentemente ormai vicina e alla portata, di concludere la vicenda senza ulteriore dispendio di parole, silenziosamente fingendo il nulla. Guerra aperta di nuovo tra i genitori per quanto nessuno forse sapesse perché. Perché la valigia era stata toccata o perché non si trovava più? Perché il papà era stato scavalcato o perché la mamma aveva subito troppo a lungo la sua provocazione?

Perplessi, noi figli, e infelici per l'improvviso rinnovarsi – focoso e turbinoso – della vecchia contesa, scongiurammo nostra madre di rivelarci il nascondiglio della Budischowsky, per poterla risistemare nell'ingresso, rasserenando almeno un poco lo scontento di nostro padre. E intanto avremmo desiderato di essere diversi, come altri amici, che non conoscevano simili battaglie o che se ne infischiavano, ormai adulti e distaccati ben più di noi, obbligati ancora a essere figli domestici e devoti e insieme genitori, saggi e pazienti.

Di gran lunga avremmo preferito la sia pur finta armonia, la beneducata, ipocrita compostezza, magari anche l'annosa, tetra incomunicabilità di altre famiglie, dei vicini di casa, dei conoscenti, rispetto alle fiammanti baruffe dei nostri genitori, alle loro discussioni in toni alti, alle accuse e controaccuse che, specialmente nella bella stagione, a finestre aperte, tutti giù nella strada potevano seguire parola per parola.

La mamma, fedele alla sua indole imprevedibile di adolescente, negò l'evidenza: «Non so e non voglio sapere nulla di quella valigia, non l'ho toccata né mi interessa dove sia andata a finire. Però sono contenta che sia sparita. Chiedete a vostro padre: potrebbe averla presa lui ed essersene già dimenticato».

Dopo non molto cercare, comunque trovammo la Budischowsky, mal nascosta sotto il letto di nostra madre. E il papà se la riprese, riempiendola accuratamente fino all'orlo e rimettendola dov'era prima, forse non più monito né provocazione stavolta, bensì dichiarazione di perseverante ostilità. Segno che la guerra doveva continuare, allo stesso modo e all'infinito.

Una specie di nebbia scese sulla casa, a momenti fitta come ovatta, che costringeva a muoversi con cautela, a parlare a bassa voce, a controllare parole e frasi, per non dare esca a un'altra, più violenta scaramuccia. I genitori tra loro quasi non parlavano e si rivolgevano a noi per inviarsi messaggi. «L'elettricista non è venuto nemmeno oggi», ci annunciava la mamma per rimproverare al papà la scarsa sollecitudine riguardo ai problemi della casa.

«I miei pantaloni sono di nuovo stirati con due pieghe», si lamentava il papà per rinfacciare alla mamma l'evidente indifferenza nei confronti della sua persona e delle sue cose.

Noi andavamo e venivamo dall'università, lontano in città, ma in quel periodo cercavamo di andare più che venire.

Tornammo una volta e trovammo la nebbia sorprendentemente diradata e la Budischowsky non più aperta nell'ingresso. Padre e madre non vi fecero il minimo cenno, ma parlavano rilassati, dei lavori da fare in giardino, dell'inverno meno freddo del solito, della tappezzeria di un divano e di possibili futuri viaggi, come nei loro tempi migliori. Ci guardammo dal chiedere spiegazioni e di buon grado ci adattammo all'inedito clima.

Fu la domestica a spiegare il mistero felice. Quel che non aveva potuto nostra madre era riuscito al cane, il perfido bassotto mordace che, giorno dopo giorno, aveva trasformato la valigia nella sua cuccia. Saltatovi dentro e arrotolatosi per bene tra i vestiti, aveva evidentemente giudicato di suo gradimento la sistemazione, al punto da rifiutare poco a poco tutte le altre, compreso il prediletto cesto appositamente imbottito con un comodo materassino. Sebbene l'animale, che viveva sotto la protezione di papà, avesse in casa licenza di fare e disfare quasi tutto ciò che voleva, saltare sulle poltrone e mendicare con petulanza in sala da pranzo bocconcini da ogni commensale, spesso e volentieri mostrando i denti perfino al suo – con lui benevolissimo – protettore, la Budischowsky non gli era stata concessa come cuccia, non per molto. Sentendosi ridicolizzato nella raffinata azione bellica – ma anche comprensibilmente geloso dei suoi vestiti –, in fretta e furia e alla chetichella il papà aveva tolto di mezzo la valigia facendola sparire in soffitta.

Non se ne parlò più e non ci furono strascichi di alcun genere, tranne che qualcuno di noi figli da allora cominciò a mostrare un po' più indulgenza nei confronti dell'antipatico cagnetto. E i genitori non si separarono, quella volta né mai più, anche se ripresero, com'era normale, il loro guerreggiare.

Fu archiviata la Budischowsky, con naturalezza, senza che fosse stato deciso, quasi come, passata l'infanzia, automaticamente si archiviano le bambole, gli orsacchiotti, i giocattoli e, più tardi, finita anche l'adolescenza, si ripongono i pattini a rotelle, il diario, i libri d'amore e di avventure. La valigia semplicemente non fu più presa in considerazione e uscì di servizio, avendo ormai noi ragazzi ciascuno la sua valigia, oltre che la sua vita. O, meglio, fu presa in considerazione dai genitori, che tentarono di convincerci, singolarmente, a continuare a usarla, visto che era ancora buona e resistente, ottimo prodotto d'altri e migliori tempi quando ogni cosa veniva fatta a mano. Rifiutammo compatti, tuttavia, perché delle antiche e robuste suppellettili realizzate a regola d'arte, a quell'epoca, facevamo volentieri a meno. E la fine della valigia comune segnò anche la fine della nostra vita comune.

Di lì a non molto il fratello grande, quello che da bambino si portava i compiti tra gli ubriachi dell'osteria e si arrampicava sugli alberi per acchiappare gli uccellini e fu per questo mandato in collegio, partì per l'America con una borsa di studio e ancora non è tornato. Qualche rara volta è venuto in visita, ma abbiamo stentato a riconoscerlo con il suo accento, i suoi vestiti e i suoi familiari americani e lui deve essersi sentito fuori posto nella vecchia casa, probabilmente antiquata e scomoda agli occhi suoi, abituato com'è al mondo nuovo. Forse ci compiangeva, certo sembrava considerare con ironia e costernazione gli ambienti immutati dall'infanzia, come se non fossero mai stati suoi.

L'altro fratello, quello a cui era caduta in testa l'asse, non riportò dall'incidente alcuna conseguenza, tranne una passione, appunto, per i legni antichi che conosce, carezza e ama. È diventato antiquario, sempre tirato a lucido al pari dei suoi mobili. Parla di loro come se fossero persone: «Sto facendo la corte da tre mesi a un cassettoncino veneziano; è destino che c'incontreremo prima o poi, lo sento». E fa affari. Con la moglie, trovata in un castelletto sulle Alpi arredato di tutto punto, è stato amore a prima vista. Al contrario del fratello maggiore, tiene in gran conto la vecchia casa con ciò che c'è dentro e, conoscendo il valore di ogni pezzo, non sarà difficile per lui prendersi un giorno il meglio. Da ragazzo non aveva tutto questo riguardo per i mobili tanto che, con grande ira dei genitori, incideva ovunque le sue iniziali.

La sorella piccola, dopo aver a lungo e fieramente resistito alle insistenze di nostro padre che avrebbe voluto vederla sposa a diciotto anni, ha ceduto e ha preso marito. Ma sarà perché le insistenze del papà sono state a suo tempo davvero pressanti, è felicemente giunta al quarto. I matrimoni non hanno per fortuna usurato la sua straordinaria memoria: ricorda ogni cosa, ogni persona, ogni avvenimento, ogni paesaggio, nel dettaglio. Basta chiederle e lei racconta: da maghe e cartomanti si va per sapere il futuro, da lei per ricostruire il passato. Del resto, fin da bambina la conoscevamo per il suo occhio attento cui nulla sfugge: teneva a mente la foggia e il colore delle scarpe di un visitatore passato per pochi minuti, notava se qualcuno aveva una minuscola macchia sul vestito, se il livello del whisky nella bottiglia era calato di mezzo centimetro.

A me piacerebbe avere la memoria della sorella piccola, l'amore per i legni antichi del fratello antiquario e insieme l'oblio di ogni cosa del fratello americano. E mi dispiace che i miei figli non abbiano mai viaggiato con una Budischowsky.

Il pappagallo di Boemia

Giace da tempo la Budischowsky, in soffitta naturalmente, dismessa, immobile e rigida, irrigidita, anzi, dal lungo disuso. A sorpresa, sembra rimpicciolita, proprio come incredibilmente rimpicciolivano i mobili di casa mentre ce ne stavamo da qualche parte in vacanza. Al ritorno, ogni volta, il tavolo era più basso, così anche i letti, le sedie e i cassettoni, ristretti i divani e le poltrone. Con nostra meraviglia succedeva tutti gli anni, sempre mentre eravamo via, mai sotto i nostri occhi; finché a un certo punto si fermarono, restando piccoli o grandi allo stesso modo, più o meno nello stesso momento nel quale noi smettemmo di crescere.

La Budischowsky s'è invece ridimensionata

di recente, quando l'abbiamo rivista, dopo molti anni: assai più piccola, dunque, di un tempo, una valigia di dimensioni quasi normali, solo un po' più alta delle altre. Da domandarsi come ci potessero stare i vestiti di noi quattro, sia pure ridotti al minimo dalle economie di nostro padre e dal fondamentale disinteresse per gli abiti di nostra madre. Adesso ci starebbe ancora meno, per via del cuoio divenuto duro che una volta, viceversa, cedeva morbidamente permettendo alla valigia di gonfiarsi da ogni lato.

Di buttarla via non se ne parla proprio, con il pretesto che "potrebbe ancora venire buona" fondamentalmente in ordine com'è, con la pelle di porco di cui è fabbricata praticamente intatta, salvo le innumerevoli macchie, ma quelle già c'erano allora. In realtà la teniamo lì a impolverarsi da anni perché racchiude ricordi di tutti che riemergono al vederla, al toccarla, allo sfiorarne i fermagli. Solo che questo resta sottinteso e non se ne parla mai, perché sembrerebbe fuori luogo.

Naturalmente del signor Budischowsky, fabbricante di valigie in Boemia, non c'è più ombra. Resta la sua tomba, con piccola foto ovale, al cimitero di Brno, un uomo non vecchio con grandi baffi neri che coprono metà faccia. Per quel che lasciano vedere, rassomiglia a un professore anziché a un artigiano pellettiere. E infatti, in un certo senso, era un professore. Più che delle valigie – ci ricordava sempre il papà – era infatti fiero del pappagallo che teneva nella sua bottega cui aveva insegnato a dire «Buongiorno, signor Budischowsky».

Indice

I primi capitoli di questo libro compaiono anche in un'edizione a tiratura limitata, fuori commercio, destinata all'associazione di volontariato "...Sottovoce...", che si propone di dare assistenza ai pazienti dello Ieo (Istituto Europeo Oncologico) di Milano e ai loro familiari.

Finito di stampare nel mese di febbraio 2003 presso
il Nuovo Istituto Italiano d'Arti Grafiche - Bergamo

Printed in Italy